続・犬棒日記

乃南アサ

双葉文庫

【犬も歩けば棒にあたる】

――物事を行う者は、時に禍にあう。

また、やってみると思わぬ幸いにあうことのたとえ。

(『広辞苑第六版』より)

×月×日

　その駅は、これまでほとんどまったくと言っていいほど利用したことのない沿線にあった。東京近郊と言えば近郊なのだが、とはいえ駅名も知らなかったくらい、とんと縁がなかった。果たしてどんなところなのか、どんな風景が広がっているのか、想像もつかないまま、取りあえずそれなりの時間ゴトゴトと電車に揺られる。乗り慣れていないと、乗客の雰囲気まで何かしら日頃利用している電車のものとは違っているような気がしてくる。窓の外には長閑《のどか》で鄙《ひな》びた風景が広がっているかと思えば巨大な団地が姿を現すこともあった。そうこうするうち、ようやく目的の駅に着いた。降車客はごくわずかだ。

　改札口は高架下に一ヵ所だけ。正面には小さなコンビニエンスストアがあった。店の脇に中年の白人男性が一人、ズボンのポケットに手を突っ込んで立っていたが、待ち合わせしていたらしい女性が現れると、すぐに消えた。あとは、実にひっそりしたものだ。冷たい風が吹き抜ける。

　約束の時間には、まだ大分余裕がある。せっかく知らない町へ行くのだからと、予《あらかじ》め早めに家を出て、駅の周辺だけでも歩いてみたいと目論んでいたからだ。改札を出て、さて、右へ行こうか、それとも左かと少し考えて、まず高架の左手に行ってみることにした。

広いロータリーがあった。中央の植え込みの中には町のシンボルなのだろうか、オブジェがある。客待ちのタクシーが二台。運転手同士がタクシーから降りてくわえ煙草で立ち話をしていた。そのロータリーを囲む格好で、焼肉屋、ブティック、パン店にファストフード店。それだけ。歩いている人もほとんどいない。その向こうには広い通りが左右に通っていたが交通量は多くなく、道路沿いまで行ってみても、見渡す限り新しそうなマンションや雑居ビルが並ぶばかりで風情も情緒も感じられない。詰まるところは新興住宅地ということなのだろう。歩いてみても、まるで興味を惹かれそうな感じがしなかった。

それなら駅の反対側を見てみようと気を取り直して高架線の方に戻ることにする。すると、改札前にあるコンビニの陰に、ひと組の男女がひっそりと立っているのが目にとまった。背中まである茶色い髪を緩くウェーブさせている女性は、見たところ三、四十代というところだろうか。男性の方は服装と持ち物から、明らかに高校生らしかった。

一瞬、親子なのだろうと思った。

だが、母と息子がガード下にあるコンビニの陰でぴたりと寄り添い合っているのもちょっと妙だと思っていたら、次の瞬間、二人はかたく抱擁し合い、そしてキスをした。

ほとんど人気《ひとけ》がないとはいえ、駅前だ。誰に見られるかも分からない。分別があっていいはずの年齢に見える女性が、そんなところでどうして、と思わずにいられなかった。

こちらの方が動揺して目をそらし、そのまま駅の改札前を通り抜けることにした。鉄道の高架線は、町の風景を分断する。反対側の風景はすべて遮られて見えなくなる。だから、町によっては高架線の北と南、あるいは西と東とで、まったく異なる風景が広がっている場合がある。

ところが、こちらも広々としたロータリーがあり、すぐ前にタクシー乗り場があるというつくりだった。この駅は、ここからさらにバスなどを利用する人が多いのだろうか、バス乗り場もいくつかある。利便性を第一に考えて駅の右にも左にも、こんなに広々としたロータリーが造られているのだろうかと考えているうちにも紺色のスーツ姿の男性が連れ立ってタクシーに乗り込んでいく。

大きな企業か工場でもあるのだろうかなどと思い、ふと見ると、タクシー乗り場のすぐ傍に、またもやひと組の男女がいる。こちらは制服の女子高生と私服の若い男性だが、やはり身体を寄せ合っていた。

女子高生は、さして長くない黒髪を後ろで一つに結わえている、平凡でいかにも地味な顔立ちの子だった。彼女の腰に手を回し、もう片方の手で彼女の首を押さえるようにしている男性は二十歳前後だろうか、グレーのパーカーに薄黄色のジャージー、足もとはクロックスという出で立ちで、一見してフリーターっぽく見えた。金髪を立たせて、耳たぶにはピアスをしている。

「やめろって言ってんだろ」

女子高生が押し殺した声で言った。すると、若い男が彼女の腰に回した手に力を入れたらしく、女子高生の身体がさらにぐっと抱き寄せられた。

「俺から離れられっと思ってんの」

「ざけんな。お前《めえ》なんか、もう、やだっつってんだよ」

「お前は俺から離れられねえんだよ」

「……」

「いいか。お前は俺から離れらんねえ。俺はぜってえ、お前を離さねえ」

繰り返すが、駅前だ。ロータリーの前、タクシー乗り場のすぐ横だ。そこで二人はそんなやり取りをした挙げ句、キスし始めた。すぐ横をシルバーカーを押した老人が、ゆっくりと通り過ぎる。客待ちのタクシーは何台も連なっている。子どもを前に乗せたママチャリが通った。彼らの誰一人として二人に気づかないはずがなかった。

これが、当たり前の風景なんだろうか。

さっきの年上女性とのカップルといい、相手はそれぞれ制服を着た高校生だ。さすがに誰かが注意したりしないのだろうかと密かに首を傾《かし》げながら彼らの前を通り過ぎ、とにかく町の様子を眺めることにする。だが、こちらも高架線の反対側と同様、さして面白そうなものがあるようには思えなかった。それでもしばらく辺りを歩き回るうち、少し脇道に逸《そ》れると、いかにも地主らしい広々とした庭を持つ立派な家が何軒か目についた。もしかすると昔ながらの農家が所有していた田畑を手放した結果、これほど野放図にマンションやアパートが建ち並び、無味乾燥な印象の町が出来たのではないかと想像した。整然としているように見えてどこか無秩序な、人口密度は高いのだろうに、誰もが存在感を消しているような、それぞれが自分たちの中でだけ欲望を放出させている、そんな町のようにも感じられた。

ひと休みしようにも喫茶店はおろかファミリーレストランもない。コンビニさえなかった。仕方がないから、結局またてくてくと駅前まで戻る。すると、例の女子高生と彼氏とが、まだキスと抱擁を続けていた。「だから、お前《めえ》なんか嫌《きれ》ぇなんだよ」という女子高生の空々しい声が聞こえた。

若者が多く集う繁華街なら、こんな風景は珍しくないのかも知れない。だがそれが人通りもまばらな昼間の新興住宅街の、しかも駅前で展開されていると、やはり奇異にうつる。それに気づいてか気づかないでか、行き過ぎる大人が誰一人として反応しないのも不気味に感じられた。

その日、予定をこなして帰途についたのは夜の通勤ラッシュの時間だ。例の駅から乗り込んだ電車は当初は混雑していたが、何駅か先でたくさんの人が降りて、後は立っている乗客がまばらなほどになった。ふと気がつくと、今度は大学生くらいの男女のカップルが、ドアにもたれて抱き合っている。何だって今日は、こんな光景ばかり目にするのだろう。

眺めるうち、カップルの女性の身体がどんどんと前のめりになっていく。男性がそれを抱き留めて、何とか倒れないように支えているように見えた。

「ほら、ちゃんとしなきゃ」

男性が女性に声をかけている。だが女性は長い髪をすっかり顔の前にたらして、今にも倒れ込みそうだ。

「どっか……」

「え、え?」

「……って」

「え、何?」

「どっかー、連れてって!」

「え、どっかって」

「だぁかぁらぁ、ホテル! ホーテール行きたーい!」

青白い照明に照らされて、車内はゴトゴトという音ばかりに包まれていた。その中に、思いがけない程大きな女性の声が響いた。男性は女性を抱き留めながら「えー」と曖昧《あいまい》な声を出している。

「今からぁ? そんなとこ行ったら、帰れなくなっちゃうじゃないかぁ」

「かーえーりーたーくーなーいー」

それだけはっきりと話せるのなら、これは酔っているふりをしているだけなのだろうかと思った。そのことに、この若い男性は気づいているのだろうか。女性がこういう手段に出て男性を誘っているということは、この二人は、まだ付き合っているというほどの関係でもないのだろうか。

勝手に想像を膨らませながら、ふと彼らの横を見ると、座席の一番端に腰掛けていた四十前後に見える男性が、いかにも不愉快そうに顔をしかめて、しきりに首筋を掻《か》いている。着ているワイシャツは薄汚れ、ズボンはダブダブで、すっかり型崩れしている古いショルダーバッグを膝の上に載せていた。履いているのは煮染めたようなドブネズミ色のスニーカーだ。いかにも垢《あか》じみていて、女性などとは無縁そうに見える人だった。自分のすぐ横で繰り広げられている男女のやり取りに心底ウンザリしているのが手に取るように分かる。

そんな人々を眺めているうち、ようやく乗り換える駅名がアナウンスされた。やれやれ、これでやっと自分のテリトリーに向かうことが出来る。電車がホームに入る間も、相変わらず女性の方は前のめりのまま顔を上げようとせず、彼にもたれかかったままだ。開くドアは、彼らがいる側だった。

「ほら、ねえ、着いたよ。降りるんだよ」

「だーかーらー」

「分かった。分かったから、ねえ、しっかりしてよ」

二人がやり取りを続けている間に電車は停まり、ドアが開いた。その途端、二人は抱き合ったままでホームに倒れ込んでしまった。その二人をまたぐようにして、垢じみた男性がいち早くホームに降りていく。こちらも仕方がないから彼らの脇を通って、とにかくホームに降りた。誰かが「非常ベル！」と怒鳴り声を上げていた。階段を下りながら背後から響いてきたベルの音は、おかしな一日の幕が下りる合図のように聞こえた。

これから先、あの路線を利用することも、あの駅に降り立つことも、おそらくほとんどないだろうとは思っている。ことに、あの駅に行くことは二度とないかも知れない。だが、もしも利用することがあるときには、必ずあの三組のカップルのことを思い出すだろう。

×月×日

記憶する限り、ずっと以前からあるビルだった。平成の三十年間で周囲の景色はどんどんと変わっていったのに、そのビルだけは変わらなかった。まさしく昭和の空気をまとい続けており、古ぼけて埃っぽく、見方を変えれば、果たして耐震性などは大丈夫なのだろうかと心配になるほどのビルだ。

何の弾みからか、そのビルの地下にある蕎麦《そば》店に入ることになった。下手《へた》に乗ってしまったら途中でガタン、と止まるのではないかと心配になるエレベーターの真ん前にある店だ。ガラスをはめ込んだ引戸と、その左右には、日本酒の銘柄やおすすめの品を手書きした細長い紙が所狭しと貼られていて、素通しガラスの意味がないほど。藍染めの暖簾《のれん》も相当にくたびれていた。おっかなびっくり入ってみれば、壁際の長椅子は作り付けで座面は畳張り、前の椅子席と共にごく薄い絣《かすり》模様の座布団が置かれている。衝立《ついたて》もすべて木製だ。レジの横には招き猫とお多福の置物が陣取り、奥の壁には土ものの一輪挿しと色紙の額が飾られている。客席部分と厨房との境にはクリーニング店からシャツ類が戻ってくるときのワイヤーハンガーが連なっていて、一枚ずつタオルがかかっていた。何から何まで期待を裏切らない昭和ぶりだ。

奥に陣取るのは平均年齢七十五、六の男性のグループ。あとは六十代に見える女性客もひと組いた。こういう店には、そうそう若い人は来ないのだろうなと思いながらテーブルに置かれたメニューを眺めていたら、おもむろに引戸が開いて「二人です！」という甲高い声が響いた。その勢いの良さに顔を上げると、三、四歳に見える男児が、ニットの手袋をした手をVサインにしている。

「あ、すいません。二人です」

背後に立っていた人が、小さな声で言った。目深に被った黒いニット帽に黒いジャンパー。小柄で、ひどく細身の人だ。アルバイトらしい女の子が案内するよりも先に、男の子はスタスタとこちらにやってきて、隣の席についた。ニット帽の人が、後からついてくる。

やんちゃそうな男の子だった。席につくなり放り出すような勢いでジャンパーを脱ぎ捨て、テーブルの上に手袋をばらばらに投げて、それからもひっきりなしに動いている。運ばれてきた水に口をつけたかと思えばテーブルの下に潜り込み、横の衝立《ついたて》に摑《つか》まるという具合だ。畳敷きの長椅子は彼には少しばかり高すぎるのか、腰掛けようとする気配もなかった。時折、メニューを覗《のぞ》き込んでいるニット帽が小声で何か言うのだが、彼はまったく聞く耳を持っていなかった。何しろ動く。

「だから、やめてって」

やがて、はっきりとした声が聞こえた。意外なほど野太い声だった。思わず声の主を盗み見てしまうと、ニット帽の下の細い顔には、髭が生えている。

男性だった。

あまりに華奢《きゃしゃ》だから、一見したイメージだけで女性だとばかり思い込んでいた。年齢的には二十代の半ばにいっているかいないかというところ。父親だとしたらずい分と若いなと思っているうちに、彼は注文をして、やがて父子らしき二人の前にはざるそばが一枚、置かれた。

「あの、お椀と、箸ももうひとつもらえますか」

ニット帽が小さな声で頼んでいる。そうして取り分け用の器が運ばれてくると、彼はざるそばを二つに分けて、少年と二人で食べ始めた。少年は相変わらず長椅子には腰掛けず、寄りかかって立っている状態のままだ。それでも、やっとおとなしくなった。

「ねえ、とうさん」

「うん」

「もうすぐ帰ってくるんだよね？」

「うん。もうすぐ、もうすぐ」

「じゃあさ、じゃあさ、これ食べたら、迎えに行こうか」

「だめだよ」

「なんでー」

「さっきまで待ってても、帰らなかったじゃないか」

「なんでー」

「なんでも」

「だって、帰ってくるんだよね？」

「多分ね」

「待っててもだめなら、迎えに行こうか」

「どこに」

「……」

男の子は箸を宙に浮かせたまま、ニット帽を見つめている。一方の、たしかに「とうさん」と呼ばれた男は、我が子を一顧だにすることなく、ただ黙々と箸を動かしていた。相当な勢いだ。

空腹なんだろうか。

それでも、父と子でざるそば一枚なんだろうか。

ふと、昔はやった「一杯のかけそば」を思い出した。当初は美談と騒がれたが、あの騒動の顚末《てんまつ》はどうだっただろう。とにかく今、隣の席にいる父子は、心温まる会話とは言えないやり取りを続けながら、半分ずつのざるそばを平らげていく。

「じゃあさ、じゃあさ」

「うん」

「明日は帰ってくるよね？」

「うん」

「じゃあ、明日も待ってよっか。今日より長く、待ってよっか」

「……うん」

どうしても想像してしまうのは、少年が母親を待ちわびているのではないかということだった。この、見るからに頼りなく見える若い父親に息子を押しつける格好で、母親はどこかへ行ってしまったのではないのか。幼い我が子には、母親がいつ帰ってくるとも言えない状態になって、父親自身も途方に暮れ、また、もしかすると財布の中も相当に厳しい状態なのではないかと、そんな想像をしないわけにいかなかった。

ほんの二、三口でそばを平らげてしまうと、父親は、あとはひたすら息子を眺めている。テーブルの下で組んでいるジーパンの足は、やはりひどく細く見えた。

「ねえ、まだ?」

やがて、しびれを切らしたように父親が言う。息子は懸命に箸を使いながら、ようやくそばを食べ終えた。

「じゃあ、行こうか」

「迎えに?」

「ちがうよ。帰んの」

「ねえ、明日は帰ってくるかな」

「どうかな」

「そん次は?」

「ほら、もうジャンパー着て」

幼い少年は脱ぎ散らしてあったジャンパーに手を伸ばし、ぐずぐずと袖を通し始める。

「ねえ、待ってたら、帰ってくるんだよね？」

「きっとね」

「そんじゃ、そんじゃ、迎えに行ったら？」

「知らない」

「どっちがいいのかな。どっちかな」

「早く着て」

それからずい分と時間をかけて、少年はジャンパーに袖を通し終えた。

「手袋して。なくすから」

少年は言われたとおり、今度はテーブルの上に置いてあった五本指の手袋をはめようとする。

「帰ってきたらさ、帰ってきたらさ、自分で出来るようになったって、見せんだ」

「分かったから、早くして」

「そしたら、迎えに行く?」

くどいほど同じことを言いながら、だが、何をどうやっても、少年は手袋をうまくはめられない。見ていると、左右を取り違えているのだ。だから、指がきちんと収まらない。そのことに気づかないほど、少年はまだ幼かった。

「あれえ、変だな、これ」

「どうして」

「だって、入らないもん」

「早くしてってば」

「早くしたら、迎えに行く?」

普通なら癇癪《かんしゃく》を起こして叱りつけるか、声を荒らげていてもおかしくないほどの子どものしつこさだった。それでも華奢な父親は苛立《いらだ》つ素振りも見せずに、ただ子どもを眺めている。

そんな気力もなくなった?

ニット帽の下の顔をちらりと見た。髭さえ伸びていなかったら、本当に女性だと思われても不思議ではないような、全体に小作りで地味な顔つきだった。その小さな目は息子に向けられながらも、慈愛に満ちているようにも、面白がっているようにも見えない。むしろ、虚《うつ》ろと言ってもいいかも知れなかった。

「ねえ、まだ？　早くして」

「だって、変なんだもん。これ、壊れてるかな」

「さっきまでしてたんだから、そんなわけないじゃないか」

その途端、幼い子は少し大げさに見える程、肩を大きく上下させてため息をついた。

「やっぱりさあ」

「……」

「やっぱり……迎えに行こうよ」

迎えに行っても帰っては来ない、いくら待っても現れることはない。だが、それを言えない。こっちが単に想像を膨らませているだけなのだが、古ぼけた昭和の民芸調の蕎麦屋の片隅で、その父子は、そう思わずにいられないほど、あまりにも淋しげに見えた。ニット帽の父親は、両手をジャンパーのポケットに突っ込んだままで、もう何も言わなくなった。

「そうしたらさ……」

男の子はまだ悪戦苦闘している。

「この変なの、直してもらえるのに」

華奢な父親がウンザリしたように席を立つ。その後を追おうとした少年の手の先から、手袋がこちらのテーブルまで飛んできた。

「右と左とが、逆かもね」

思わず、そう言いながら手袋を差し出していた。少年は、生まれて初めて親以外の誰かと口をきいたかのような、ひどく驚いた顔をして、一心にこちらを見つめている。まさか、はめてやることまでは出来ない。その手に戻してやった手袋は、とても小さかった。少し離れたところに立っていた父親が、やはりポケットに手を突っ込んだままの格好で、小さく「すんません」と言った。

×月×日

空港の出発ゲート前ロビーは、早くも混雑し始めていた。夕方の便ということもあるのだろう、スーツ姿のサラリーマンも多くみられるし、修学旅行らしい制服の高校生も相当な数だ。この分では、座席によっては少なからず我慢を強いられることになるかも知れない。何しろ高校生諸君はエネルギー満載で、引率の教員から多少の注意を受けたって、とてもではないがおとなしくなんてしていられないに決まっている。

取りあえず彼らと座席が近くならないことを願いながら、搭乗案内のアナウンスが流れるまでの間、しばらくぼんやりとしていた。旅先での数日間、新たに出会った人の表情や目にした風景を順番に思い出す。こういう時間が案外、好きだ。その間にも、同じ便に乗るはずの人たちはさらに数を増していくようだった。大きな土産袋を提げて旅の興奮が冷めきらない様子の人もいれば、ぐったり疲れている様子の人も、懸命にノートパソコンと向き合っている人も、もちろん、これから旅に出るらしい人たちもいた。飛行機は一体いくつの人生を運ぶのだろうかなどと考えているとき、すぐ目の前を二人連れの女性が通り過ぎていった。互いに身体を寄せ合いながら、ゆっくり、ゆっくりと歩いていく。その、まるで近所の公園でも散歩しているような雰囲気に、何となく目がとまった。

比較的小柄な女性たちだった。一人は四、五十代といったところだろうか。ショートカットに地味な色のコートを着て、肩から斜めにバッグをかけている。彼女が寄り添っているのは、黒々とした長い髪を三つ編みのお下げにした、雰囲気からして若そうな女性だった。心持ち背をそらすようにして歩く彼女の肩には抱っこひもが見えていた。ああ、赤ちゃん連れなのだ。だからあんなにゆっくり歩くのかと納得する。

小さな子ども連れの飛行機での移動は、ただでさえ苦労が多い。機内はうるさく、自由に動けず、さらに気圧が変わるから、乳幼児によっては相当な苦痛になる。一度泣き出したら、もう止まらない場合も少なくない。子どもは辛い、親は慌てる、客室乗務員も困り果て、付近の乗客はため息を繰り返すという場面に、これまでどれくらい遭遇してきたか。修学旅行生に対するのと違って、こちらは怒るわけにいかない。出来ることなら、近くには座りたくないというのが本音だ。

ところで二人の女性は母娘だろうか。さほど似ているという感じでもない。いや、全体にぺしゃりとした顔立ちなのは、やはり似ているかも知れないなどと思いながら、目の前を、ふわり、ふわりと何度も行き来する彼女たちを眺めているうちに時間が過ぎて、ようやく搭乗案内のアナウンスが流れた。修学旅行生たちが一ヵ所に集められる。新幹線の自由席でもないのだから、自分の座席は決まっていると分かっているのに、なぜか早々と列を作るサラリーマンたち。誰もが次第に搭乗ゲートの方を気にし始め、何度目かのアナウンスの後、いつの間にか出来ていた長い列は徐々に流れ始めた。

それにしても「機内混雑緩和のため」と説明した上で、後方の座席の人から先に搭乗して欲しいというアナウンスが流れるのに、どうして前方の座席の人が少なからず先に乗り込むのか、いつも不思議に思う。そういう人たちの中には必ず狭い通路を塞《ふさ》ぎ、より後方まで進まなければならない乗客の足を止める人がいる。さっさと座ればまだいいものを、自分が流れをせき止めていることなどまるで気にすることもなく、座席上の物入れに大きすぎる荷物をもたもたと押し込もうとしている場合も少なくない。

それでも忍耐強い乗客たちは文句一つ言うわけでもなく粛々《しゆくしゆく》と自分のために確保された座席を目指し、最終的には全員が整然と収まることになる。幸いなことに修学旅行生たちとはまったく離れた場所に座ることが出来た。ほっとしながら客室乗務員に枕とブランケットを頼み、バッグから読みかけの本を取り出してシートベルトを締めようとしたときに、ふと斜め前方の席に目がいった。

さっき見た女性の二人連れがいた。通路側に年上の女性が座り、その横に三つ編みの女性が座っている。

瞬間、ちょっと面倒だなと思った。この距離で赤ちゃんに泣かれてしまったらお手上げだ。少しだけ本を読んで、あとは寝てしまうつもりだったのに、場合によっては台無しになるかも知れない。だが、これぱかりはどうすることも出来ないことだ。お願いだから泣かないでと祈るより他なかった。

やがて機内の安全ビデオが流れはじめ、手元には枕とブランケットが届いた。機内誌をパラパラとめくったりするうちに私たちを乗せた便は誘導路を進み、滑走路に出る。そうして夕暮れの空に向かって、飛行機は飛び立った。

ベルト着用ランプの点灯を知らせる音で目が覚めた。窓の外に目を向けると、夜の闇が広がっている。次第に近づいてくる街の灯を眺め、何度か小さく伸びをしたり首を回しているうちに、無事、羽田空港に到着した。

　飛行機を降りると、そのまま手荷物を受け取るために受取場へと向かう。ここまで来ると、まるで競争でもしているかのように早足で追い抜いていく人が目立つ。夕食には遅いくらいの時間だから、誰もが早く帰りたいのに決まっていた。

　ベルトコンベアーが回り始めても、荷物はなかなか出てこなかった。所在なく待つ間、ふと横を見ると、あの二人連れの女性がいた。相変わらず、ぴたりと寄り添っている。ああ、そういえば赤ちゃんはまったく泣かなかったなと、そのときになって思い出した。おとなしい子のようで助かった。お蔭でこちらは苛立つこともなく、ぐっすりと眠ることが出来た。

　改めて眺めると、三つ編みの女性は三十前後といったところだった。なかなか母親業が板についた、しっかりしている人なのかも知れない。こうして荷物が出てくるのを待つ間も、胸に抱いた小さな膨らみをぽん、ぽん、と優しく叩いていて、身体も終始ゆったりと左右に揺らしている。口元には穏やかな笑みを浮かべながら、自分に寄り添う女性の話に耳を傾け、相づちを打ったり、時折自分からも小声で何か話したりしているようだ。

ぽん、ぽん、と優しく伝わる手のリズムが赤ちゃんには心地良いのか、飛行機の中でもずっとそうしていたのだろうかと考えながら何となく眺めているうち、抱っこひもの下から見えている小さな足に目がとまった。

ぶらぶらと、微《かす》かに揺れている。

水色の靴下を穿《は》いて――靴下？

何だか変だと思うより前に、頭の中が「ひやり」となった気がした。そのとき、三つ編みの女性の手が、その小さな足に伸びた。そして、足をつまむ。きゅっと。水色の足が、ぐにゃり、と凹んだ。今度は胸騒ぎというのか、あまり感じたことのない、妙な不安感とも恐怖感ともつかないものがこみ上げて来た。

改めて見れば、小さなその足は人間の足の形をしていないようだ。それどころか、縫い目がある。いや、ロンパースを着ているだけなのか――。何を見ているのか、または何か勘違いしているのだろうかと、一人密かに動揺しながら、改めて二人連れを見てしまった。

母娘にも見える二人連れ。年上の女性は何の違和感もない様子で三つ編みの女性に寄り添い、微笑み、語りかける。三つ編みの女性は手の「ぽんぽん」を止めることなく、身体も常に揺すりながら、二人並んで荷物が出てくるのを待っている。どこから見ても乳飲み子と母親、そして二人を慈《いつく》しむ祖母といった構図ではないか。

つい荷物を待つふりをしながら斜め後ろに移動して、抱っこひもの中の正体が見えるところに位置を変えた。そうせずにいられなかった。そして小柄な女性の肩越しに、見た。

ぬいぐるみだった。

水色の、眠そうな目をしたクマのぬいぐるみが、抱っこひもの中にいた。その正体を確かめた瞬間、また恐怖感のようなものに襲われた。お気に入りらしいぬいぐるみを持って歩く若い女性や、マスコットと呼ぶには大きすぎる人形を鞄からぶら下げている女子高生などは、見たことがないわけではない。だが、こんな風に抱っこひもをして、本物の赤ん坊にするように「ぽんぽん」を続ける大人は見たことがなかった。

何か事情があるのだろうか。

見ようによっては、年上の女性の方が三つ編みの彼女を気遣っているような感じがしなくもない。誰かの代わりとしてぬいぐるみを抱かずにいられないのだとしたら、または、心のバランスを保つために、そのぬいぐるみが必要なのだとしたら、これは悲劇だ。

様々に思いを馳せるうちにベルトコンベアーの向こうに自分の荷物が姿を現した。彼女たちの荷物はまだ見えてこないようだ。これで、もしもベビーカーが運ばれてきたらどうしよう。ぬいぐるみを抱いて、これから彼女たちはどこへ行くのだろうかと思いながら、とにかく自分の荷物をベルトコンベアーから引き下ろす。せめて彼女たちの背景にあるものが悲劇ではないことを、出来ることならとぼけた喜劇であることを願いながら、何とも寒々しい気持ちで出口に向かった。

×月×日

男の子は、ポテトチップスを食べていた。形の揃《そろ》った成型タイプのものを、片手に袋を乗せて、ただひたすらに右手を動かしている。やがて電車がホームに入ってくると、男の子はそばにいた女性に手首を握られる格好で電車に乗り込んだ。その時間の上り電車は空いていて、彼らが腰掛けた七人掛けの席には、他に座る人はいなかった。

一番端の座席で衝立にもたれかかり、身体を斜めに傾けて、男の子は一心不乱にポテトチップスを食べ続けている。さっき彼の腕を取り、今は彼の隣に腰掛けている女性は、濃紺の服に濃紺のパンツ、濃紺のハーフコート、肩から斜めにかけているバッグも紺色という、実に地味なものだ。黒い靴も飾りなどない、踵《かかと》の低いぺったんこのものだった。

母親？　いや、祖母だろうか。

短い髪だけは明るい茶色に染めているが、あとは全身濃紺一色で、アクセサリーの類いも一切つけていない。化粧も控えめなものだったから、さほど年齢を読み間違えるという雰囲気でもなかった。それでも、男の子との関係が今ひとつ分からない。第一、膝をきちんと揃えて足をわずかに傾け、背筋をぴんと伸ばした美しい座り姿勢と、隣でぐだぐだとポテトチップスを食べ続けている男の子とでは、妙にちぐはぐな雰囲気なのだ。

少しすると女性がやおら立ち上がり、脇に置いたトートバッグからクリアファイルを取り出した。そのまま仁王立ちになり、ファイルから二つ折りにされた色画用紙を出して開くと、クレヨンで描かれた魚の絵が見えた。

「わあ！」

女性が声を上げた。

「これ、すごく上手に描けたんですねえ！　すごいじゃないですか」

女性は広げた絵を男の子に示している。だが、ポテトチップスに夢中の子は、何の反応も示さないままだ。すると女性は、その絵を空いている座席に飾るように広げ、また次の絵を取り出してきた。

「ほら、これも！　素晴らしいわぁ」

また一枚、座席に立てかける。空いている車内で展覧会でも始めるような格好だ。片手にポテトチップスの袋を持ったまま、男の子がしばし動きを止めた。

それから小声で何か言っている。その様子を眺めていて、気がついた。小学校の二年生くらいに見えたが、その子のポロシャツの胸には、幼稚園のマークが入っているのだ。ネームバッジもひらがなで書かれているし、よくよく見てみれば、運動靴にもマジックでひらがなの名前が入っていた。

大柄だが、まだ幼稚園児だったのか。それなら仕草が幼いのも無理もないのかと思っている間に、女性が「リンゴジュースにしましょうか？」と聞いている。

「ポカリスエットもありますよ」

女性は、今度はトートバッグからチャックつきのビニール袋を取り出した。そこにはお菓子が詰め合わせのように入っていて、ついでに飲み物もあるようだ。袋を差し出しながら「何にしましょう？」と言うと、男の子は黙って小ぶりのペットボトルを指さす。そして、女性からペットボトルを渡された代わりにポテトチップスの袋を差し出した。

「もういいんですか？　何か、他のお菓子にしましょうか」

男の子は返事をする代わりに、ポテトチップスの味がついているに違いない指を、しきりになめ始めた。なめて、なめて、なめつくしたところで半ズボンで指を拭《ぬぐ》い、今度はペットボトルのふたを開けようと格闘し始める。その格好は、自宅のソファに寝転がっているのとほとんど変わらない感じになってきた。その間も、女性はまたべつのクリアファイルを取り出しては、男の子が幼稚園で描いたに違いない絵を広げて眺め、「これもいいわ。すごいですねえ」などと繰り返すのだった。

座る姿勢を注意しない。

電車の中で菓子を食べることにも注意を与えない。

あんなに指をなめさせるくらいなら、ウェットティッシュでも使わせるところではないのか。

その他にも菓子や飲み物をふんだんに用意している。

まるで我が物顔で座席に荷物を広げる。

女性の行動の一つ一つが、こちらにはいちいち引っかかっていく。これが、見るからにそんなことをしそうなタイプなら「やれやれ」で済むのだが、明らかに四十代後半以上に見える女性は、服装だけでなく物腰も仕草も、いかにも常識的できちんとして見えるのだ。それなのに、いくら空いている車内とはいえ他人の目を気にすることもなく、また男の子自身にさほど注意を払っている様子もなく、ただひたすら絵を褒《ほ》め続けている。

これが、褒めて伸ばすということなんだろうか。

どうも変な感じだと思っている間に、女性は男の子から渡されたポテトチップスをビニール袋にしまい込み、今度は棒付きキャンディーを取り出し、包装紙をむいて、男の子に差し出した。男の子は片手にキャンディー、片手にペットボトルという格好で、宙に浮かせた足をぶらぶらと揺らしている。

そうして何駅か過ぎたところで、女性はようやく何枚も広げた絵をたたみ始めた。またもトートバッグから違うファイルを取り出している。あの膨らんでいるバッグには、果たしてどれほどの荷物が入っているのだろう、さぞ重たいのではないだろうかと考えている間に、今度は別のトートバッグから小ぶりのリュックサックを取り出す。そして、それを男の子の背後に置いた。

「これは、あなたのお荷物でしょう？　お願いですから、ちゃんと背負ってくださいね」

男の子は知らん顔だ。それに第一、両手とも塞がっている。しばらくして、女性は男の子の腕をとり、リュックサックを背負わせた。そして、褒めた。

「えらいわぁ。ちゃんと背負えるんだもの。すごいですねえ」

男の子はにこりともせずにペットボトルを差し出しながら、何事か呟《つぶや》いた。

女性は、うん、うん、と頷きながらペットボトルを受け取り、それをしまい込もうとする。

「はーやーくー」

「ちょっとお待ちくださいね」

「はーやーくー」

「はい、今すぐですから」

次に女性が取り出したのは、自分のスマートフォンだった。ラインストーンをふんだんに使った、二つ折りのケースに入っている。地味な服装からすると、ちょっと意外な趣味だと思っている間に、女性はスマホのロックを解除し、何かのアプリを立ち上げたらしかった。それを男の子に渡している。

「でも、お願いします。降りるときまでに、ちゃんと返してくださいね」

すると一瞬、笑顔になりかけていた男の子は、棒付きキャンディーを口に含んだまま、女性のスマホをぽいっと床に投げ出した。女性が慌てて拾い上げる。

「そんなことしないでください。また壊れてしまいますよ。壊れてしまったら困るんですから」

言いながらスマホをぽんぽんと手で払い、躊躇《ためら》いなくまた男の子に差し出す。

今度は男の子は少しの間、おとなしくスマホの画面に見入っていた。途中で、口の端からよだれか、または溶けたキャンディーかが雫《しずく》になって垂れた。そのまま、スマホを触っている。女性はきちんとした姿勢で口もとに薄い笑みを浮かべたまま、電車の中吊り広告を見上げていた。自分のスマホが男の子のよだれで汚されていることにも気づいていない。

さらに一駅ほど過ぎたところで、男の子はスマホにも飽きたらしく、それを女性に突き返した。

「あらぁ、偉いわ。駅に着くまでに、ちゃんと終わらせてくださったんですね え。すごいわ。なんて立派なんでしょう」

女性はすぐに男の子を褒め始めた。大柄だが幼稚園児の男の子は満更でもない表情で、さらに座席に寄りかかり、もうほとんど寝そべっているに近い状態だ。

「あと一つ。あと一つで降りますからね。今日も頑張って、よく乗れましたね え。本当にすごいんだから」

母親か祖母でないなら、お手伝いさんか家庭教師なのだろうか。最後の最後まで、女性は男の子を褒めちぎり続けていた。そうして二人で電車を降りていった。

×月×日

いつでも予約で一杯の店だった。レトロなデザインの電球に照らされて、夜が更けるにつれオレンジ色に浮かび上がる店内には、決まって懐かしいシャンソンが流れている。だが、席によっては横歩きをして他の客の横や後ろをすり抜けなければならないほど窮屈だし、何しろ店そのものが狭い。しかも往々にして食事時間を制限される。つまり落ち着かない。それでも満席でないことがない。その日、急に電話して入ることが出来たのは幸運だった。

時間も空間も無駄にしないその店の、一番大きなテーブルに、男性が一人で陣取っていた。他の席を埋め尽くしている客が見事なほどカジュアルな服装ばかりだった中で、彼がジャケットを脱いだ後の白いワイシャツは、それだけで目立った。四十歳前後だろうか、面長の輪郭に顎髭を蓄え、髪型にも気をつかっている。その風貌と袖口のカフスボタン、全体の雰囲気から、何となくベンチャー企業のイメージが感じられた。

男性は椅子に斜めに腰掛け、テーブルに片肘をついて、一人で生ビールを呑み始めていた。日が長くなる季節だから、外はまだ暗くなっておらず、人々が右へ左へと流れていくのが窓から見える。それらの人の姿を眺めながらグラスを傾ける姿は、明らかに人待ち顔に見えた。テーブルの大きさと彼の雰囲気から、仕事仲間か取引相手でも待っているのだろうかと勝手に想像したが、先に一人で一杯やっているところを見ると、さほど気をつかわなければならない相手でもなさそうだと考え直す。

彼が二杯目の生ビールに口をつけたとき、店の出入口が少しざわついて、両手に荷物を一杯提げた女性が入ってきた。ワイシャツの男性を見つけると慌ただしく歩み寄ってくる。その陰から、五、六歳くらいに見える少年も姿を見せた。紺色のポロシャツを着て、こちらも荷物が多いと思ったら、肩から提げているのは少年の体格には不釣り合いなほど大きく見えるバイオリンケースだ。

「お稽古に時間がかかって」

肩まであるストレートの髪を明るい茶色に染めている女性が真顔のままで言った。よほど慌てて来たのか、表情に余裕のなさが見て取れる。そのとき、少年と目が合った。こちらは、まるで睨《にら》みつけているのではないかと思うほどの、ほとんど怒っているような、どこか強《こわ》ばった顔つきをしている。

「ほら、まずこれ。あなたから渡しなさい」

母親らしい女性は男性の向かいに腰掛けながら、取りあえず大きめの紙袋から何かを手渡して少年を促している。まだちゃんと腰掛けてもいない少年は、戸惑った表情で彼女を見上げていたが、すぐに諦《あきら》めたように、それを男に差し出した。

「言うんでしょう？　お誕生日おめでとうって」

「お誕生日、おめでとう」

テーブル越しに差し出されたのは花束だ。ブルーと白を基調にして、きっちりと丸みのあるブーケにまとめられている。見る人が見ればすぐに分かる、最初から花束にして店先で売られているものに違いなかった。男がそれを片手で受け取ると、次いで、何かの紙袋が手渡される。男はブーケの方はそのままテーブルの上に置き、紙袋は脇の席に載せて、すぐにメニューを女性の方に差し出した。彼女はやはり無表情のままメニューを覗き込み、大して悩む様子もなく、てきぱきと注文を決め始めた。子どもと自分はソフトドリンク。食べたいものは、これと、これ。誕生日を祝ってもらうはずの男性の方は、黙ってそれを眺めているばかりだ。

「あと、これも」

「食べきれるのか」

「最近、食べるのよ。足りないかも」

一見すると、父親の誕生日を外食で祝う三人家族という印象だった。男性の雰囲気からも、また後から来た女性の服装やアクセサリーなどからも、さらに少年がバイオリンを習っているらしいことを見ても、彼らが経済的に豊かであることがうかがえる。当初は強ばった表情をしていた少年も、時間がたつにつれ落ち着いた様子になり、おとなしくジュースのストローに口をつけている。

狭い店内の中ほどにぽっかりと空いていた空間はひと組の家族で埋められ、外が暗くなる頃には、すっかり和《なご》やかな雰囲気に包まれたように見えた。

料理が運ばれてきた頃、母親が息子の肩をぽんぽんと叩いた。

「あっちの席に行きなさい。せっかくだから。近くに」

戸惑う様子を見せていた少年を、母親は「さあ」というように立たせて、彼を父親の方に差し向ける。隣のテーブルとの隙間を通り抜けて、幼い少年は父親の隣に腰を下ろした。すると父親は新しく注文したワインのグラスから手を離し、張り切った様子で息子の取り皿に料理を取り分け始めた。俯《うつむ》きがちだった少年は、目の前に料理が置かれると器用にナイフとフォークを使って料理を口に運んでいく。斜向《はすむ》かいから、母親がその様子をじっと眺めていた。

「うまいか」

「うん」

「こっちも食う？」

「うん」

少年が、ようやく父親を見上げてにっこり笑った。父親も頷いている。母親はその間にも、まったく表情を変えることなく、自分は黙々と料理を食べながら再びメニューを覗き込んでいた。

「すみません、これ追加。あと、これも一つ。取り皿を下さい。あと、この子にお水も」

その頃になって気がついた。幼い少年は、時間がたつにつれてリラックスしてきた様子で、時には父親に話しかけたり、また手元にあるものを見せようとしたりしているのだが、それを眺めている母親の方は、店に入ってきたときから何となく落ち着かず、しかもいつまでたっても、ただの一度として笑顔を見せないのだ。おそらく前々から予約をして、せっかく評判のいい店に来たというのに、料理を味わい、楽しんでいるという風にも感じられない。そして男性の方も、隣に座る少年に向かっては何か話しかけたりするのだが、目の前の女性には何も言わなかった。ただ料理ばかりが次から次へと運ばれてきて、空いた皿がどんどんと片づけられていく。結構なペースだ。そうして最後にろうそくの立てられたフルーツとスイーツの盛り合わせが出された頃、男性が「俺さ」と口を開いた。

「今んとこ、やめようと思って」

女性の表情は変わらなかった。

「あなたの人生だから、あなたの好きにすればいいけど」

彼女は実に事務的な口調で、眉一つ動かさない。それに対して男性は、これから自分がしようと思っていることについて、少し説明しているようだった。それでも女性は相づちを打つこともせず、男性をまともに見ることもしない。デザートを食べているのは少年だけだ。

「とにかく、私たちの生活は壊されたら困るから」

「分かってる」

「この子の習い事、もう一つ増やしたいと思ってるの」

「今度は何だ」

「油絵」

男性の、白いワイシャツの肩が、大きく上下した。女性の表情はまったく変わらない。満腹になったのか、少年がフォークを皿の上に置き、椅子の背に身体をもたせかけた。女性はそれに気がつくと、さっと自分のスマートフォンを取り出した。

「写真を撮ってあげる。今日の記念。ほら、二人でこっちを向いて」

男性が少年の肩に手を回して身体を傾ける。少年は、されるがままになっていた。

「明日も早いから」

写真を撮り終えると、女性はもう帰り支度を始めた。母親に急《せ》かされて、少年も素直に立ち上がり、バイオリンケースを肩にかける。

「俺は会計していくから」

「そう。じゃあ」

それだけ言って女性は少年の背を押し、そそくさと店から出て行った。最後まで、一度としてにこりともしなかった。一人残った男性は、ワインの残りを飲み干して会計を済ませ、それから片手にビジネスバッグと紙袋、もう片方の手にブーケを持って、一人で夜の闇に消えていった。店で一番大きなテーブルが、ぽっかりと空いた。

×月×日

ピンポーン、と音が響いて、自動ドアが開いた。「いらっしゃいませ」という声が客を迎える。小さな調剤薬局だった。出入口から薬剤師が立つカウンターまではほんの四、五歩。狭い空間を取り囲むように客用の椅子が配されているが、こちらも五、六人も座れば一杯になる。

「処方箋お預かりしますね」

「どれ、これ？　ふん、ほら」

野太い女性の声が聞こえた。

「お薬手帳はお持ちですか」

「え？　ない」

「では、こちらは初めてでいらっしゃいますか」

「ちがう」

ずい分とぶっきらぼうな、というか、尊大な話し方をする客もいるものだと、思わず顔を上げたら、振り向きざまの女性客と目が合った。瞬間、いささか絶句しそうになった。

何ていう。

ひと言でいうなら、滅多に見ないほどの「ひどい顔」だった。ひと様の顔を見て、それも瞬時にして「ひどい」などと思ったことに、自分で動揺した。

「では、おかけになってお待ちください」

「待つの？　どんぐらい」

「順番にお作りしておりますのでね」

薬剤師が奥に引っ込んでしまうと、女性は斜向かいの席に腰掛けた。

七十代前半から半ばくらいだろうか、一見して豊かな暮らしぶりだということが分かる人だった。モノクロ総柄のワンピースに金のチェーンネックレス。耳元にも大きな金色のものが輝いている。長めのスカートの下から見える白いストッキングは、高齢女性には珍しいメッシュ柄で、先が尖《とが》っているアイボリーの革靴は細かいパンチングが入っている、しかも三センチほどのヒールがあった。これくらいの年代の女性でヒールのある靴を履く人は多くない。足が疲れるし、年齢と共にバランスだって取りづらくなるからだ。よほど長年そういう靴を履き慣れてきたとか、それに加えて、大して長い距離を歩く必要がない人なのかも知れないと想像した。

ふくよかな体型の人だった。膝の上というよりも腹の上にのっけた格好のハンドバッグは財布とハンカチ、せいぜいスマホ程度しか入らないだろうと思うほど小ぶりの、やはりお洒落《しゃれ》なものだ。つまり、その人は上から下まで、すべて高級品で固めているらしかった。

「お客さま、すみません。お薬はジェネリックでもよろしいでしょうか」

奥から薬剤師が出てきて、再び女性に声をかけた。すると、その女性は荒々しい声で「ああ?」と応える。眉間《みけん》に皺《しわ》が寄った。

「お薬をですね、ジェネリックでお作りしても、よろしいでしょうか」

「なに、それ」

「あ、ですから、このお薬はジェネリックも出ておりますので」

「ジェネ——安いヤツでしょ、それ」

「そう、ですね」

「ちゃんとしてんの?」

「あ、それはもちろんです。ジェネリックっていうのは——」

「いい、それで。早く」

座っている席から腰を浮かすでもなく、女性は吐き捨てるような言い方をした。オレンジに近いくらいの明るい茶色と白髪とが半々に混ざり合った髪は、何となく犬を連想させる。化粧はしっかりしていたが、まるで描き忘れたかのような薄い眉は左右とも相当な角度でつり上がっており、その下の小さな目は誰に向かってか知らないが、とにかく悪意と嫌悪感に満ち満ちて見えた。口角は左右ともぐっと下がっている。少しでも口を開けば、いかにも悪い言葉しか出てこないように見えるほどだ。それでも、一つ一つを見る限りは、それほど並外れて「醜い」というわけではなかった。皺もシミも年齢相応といったところだろう。それなのに、全体としてまとまった彼女の顔からは、ひと目見たら忘れられないほどの、何とも言えない醜悪なものが感じられてならなかった。

どんな生き方をしてきた人なんだろう。

まさか幼い頃から今のような顔ではなかったはずなのだ。おそらく、今の面相からはとても想像がつかないほど純真な顔をしていた時代があったことは間違いない。その後、少女時代、青春時代はどんな顔つきをしていたのか、一体どんな経験をして現在のような顔つきになってしまったのだろうかと考えていたら、またピンポーンと音がした。

今度は制服の女子高生が入ってきた。かなり短めのプリーツスカートに、紺色のソックスは自分で丈を調整している。上半身はだぶだぶの白いニット。カウンターの前に立ってリュックサックから何か取り出そうとしている指先は艶《つや》やかなピンク色に彩られていた。その手で取り出した処方箋を、奥から出てきた薬剤師に差し出している。

「お預かりしますね。お薬手帳はお持ちですか」

「あ、すみません。持ってきていないんです」

よく澄んだ声が応えた。

「こちらは、初めてですか」

「はい。初めてうかがいます」

思わず少女の方を見てしまった。

「保険証はお持ちですか」

「はい。持っています」

「お預かりしますね。じゃ、こちらに記入していただけますか」

クリップボードを渡されるときも、少女は「はい、分かりました」と言って、それから先ほどの女性の隣に腰掛けた。膝の上に重たそうなリュックサックを置いて、真剣な表情でクリップボードに向かっている。その唇は赤く、眉も整えられていた。よく見ると、耳たぶには小さなピアスが光っている。

やがて薬剤師が戻ってきて彼女の名前を呼んだ。

「保険証お返ししますね」

「おそれいります」

そのひと言に、少女を二度見してしまった。今どきの十代の女の子が、そんな言葉遣いをするとは思っていなかったからだ。やり取りを終え、「お待ちください」と言われて席に戻った彼女は、今度はスマホを取り出して、熱心に指先を動かし始めている。スマホケースはいかにも可愛らしいものだし、その様子も、ごく普通の女子高生だ。それでも分かったことがある。彼女は間違いなくきちんとした環境で育てられているということだ。

「ちょっと。こっち。まだなの？」

少しすると、七十代の女性の方が苛立ったように立ち上がって、呼び出しのベルも押さずに声を上げた。小さなハンドバッグをぶら下げる手には大ぶりの指輪が光っている。

「あ、はいはい、どうなさいましたか」

ガラスの扉を開けて薬剤師が出てくる。
「まだかって。こっち！」
「申し訳ありません、順番にお作りしていますんでね。もう少しお待ちくださ
い」
「早く！」
すぐ隣で、自分の孫くらいの年齢の少女がこれほどきちんとした言葉遣いで
話すのを、女性は聞いていなかったのか。または、聞こえていても何とも思わ
ないのだろうか。
「遅いんだから」
薬剤師が引っ込んだ後も、女性は吐き捨てるように呟いていた。スマホをい
じっていた女子高生は驚いたように顔を上げて、そっと隣を見ている。そんな
視線に気づくはずもなく、一流品に身を包んだ女性はきれいな靴の足先を宙に
浮かせて、苛立ちを紛らすように、つま先をぶらぶらさせ始めた。
一体何のために年齢を重ねてきたのか。どれほど豊かな生活ぶりかは分から
ないが、女性の顔つきと言葉つきから察するに、その人の内面に豊かさが備わ
っているとはとても考えられなかった。家族がいるとしたら、どんな家庭なの

か、普段どんなやり取りをしているのだろうか。いずれにせよ確かなことは、その女性が決して満ち足りた人生を歩んではこなかったということだ。そうでなければ、こんな顔つきにはならないだろう。

女性の隣にいる女子高生が、余計に美しく見えた。だが分からない。彼女だって五十年、六十年後にどんな顔つきになっているか。隣の女性のようにならないようにね、と思っているとき、自分の名を呼ばれた。やっと薬が出来てきた。

×月×日

普段あまり使わない駅で降り、改札口から外に出たところで、目につきやすい喫茶店はないものかと辺りを見回していたときのことだ。時刻はそろそろ夕方に迫ろうかという頃だった。何しろ暑い。

「何だよ、もう帰っちゃうの？」

急に近くで男性の声が聞こえた。自分が話しかけられたのかと思って振り返ると、すぐそばに四人組の男性が立っている。

「まだ、いいじゃない」

「そうだよ、そうだよ。何だい、早く帰らねえと、奥さんに怒られっかい」

いずれも八十代らしく見える男性たちだった。小洒落た中折れ帽にジャケットなどを着こなしたりして誰もが全体にこざっぱりしており、明らかにリタイア後の人生を謳歌《おうか》している風に見える。

都心の、それなりに大きな駅だったから、引っ切りなしに改札口からたくさんの人が吐き出されてくるし、また、駅に向かって行く人も途切れることがない。こちらは喫茶店を探しながら横断歩道の前に立ち、信号が変わるのを待っている最中だった。つまり、四人組の男性たちも隣で信号待ちをしている格好だ。

「俺がさあ、この前※※※に行ったときの、ほら、＊＊＊の話が途中じゃないかよう」

「そうだそうだ。それ、途中だったたな」

やがて信号が変わった。横断歩道を渡りきって、なおも喫茶店を探しながら、ふと振り返ると、四人はまださっきの場所に立っていた。信号は青の点滅に変わり、様々なサラリーマンや学生たちが急ぎ足で、または小走りに渡ってしまおうとしているところをせき止める格好になっている。だが、そんなことはお構いなしに、彼らはまだやり取りを続けている様子だった。

少し歩いて、近くの建物の二階に、ようやくコーヒー店を見つけることが出来た。古そうな建物の階段を上っていくと、意外に奥行きのある店はセルフサービススタイルで、ホールを歩きまわる店員の姿もない。明るい店内は簡素な椅子とテーブルが並ぶばかりの実にシンプルなもので、余計な調度品もなかった。客の大半は一人でノートパソコンやスマホに向かっている若者やサラリーマンらだ。誰もが紙コップを脇に置いて、それぞれの世界に没頭している。

居心地が良いとは言わないが、暑さもしのげるし、待ち合わせには十分だった。こういう時代になったから、お互いに知らない場所で待ち合わせをする場合には、こんな風にどちらかが落ち着く場所を探してから、その場所を位置情報と共に待ち合わせ相手に知らせることが少なくなくなった。約束の時間にはまだ余裕があった。カウンターで買い求めたコーヒーの紙コップを片手に、窓際の空いている席を探し、あとは少しの間ゆっくり本を読んで過ごしていればいいだけだ。

「ここ、ここ！　いいじゃないか、よう、ここにしよう！」

本のページを開いて読書に集中し始めた時だった。自分と入れ違いに客が立ち去った隣のテーブルに、新たな客の気配が近づいてきて、周囲はにわかにやかましくなった。つい顔を上げると、さっき横断歩道の手前で立ち話をしていた高齢男性の四人組だ。

「ここか？　狭いんじゃないか？」

「いいんだよ、こうやってさ、隣のテーブルと、くっつけちゃえばいいんだから」

「そんで、ここは何を出す店なんだろう」

「俺、ちょっと見てくるわ」

四人組は相変わらずの大きな声で、二人掛け用の丸テーブルをずるずると引きずり、椅子もガタガタと音を立てて引き寄せている。中折れ帽の男性が、店内をうろうろと歩きまわっては「メニューってもんがないんだ」とか「便所はどこだ」などと言いに来ては、また去って行く。

「本当だな、メニューがないよ」

「アレじゃないか？　ここは、ほら、あの、スタバじゃないのか」

「ああ、そうかい？　スタバね。じゃあ、アレだ、あそこまで行って、自分らで買ってこないと」

スターバックスではなかった。だが、セルフサービスだという点では間違いではない。

「灰皿がないねえ」

「禁煙かな」

「禁煙かもな」

「ここ、エレベーターなかったろう？　俺、嫌だなあ、階段を下りて外まで煙草吸いに出るの。膝が痛いから。ここで吸ったら駄目かね」

「それより、水は出ないのか」

「スタバだからさ」

「俺、薬を飲まなくちゃなんねえからさ、水がないと困るんだ」

何しろ落ち着かない。丸テーブルの上に開いた本の文字を、目がまるで追っていかなくなった。どうしてよりによって彼らが同じ店に入ってきてしまったのかと、その偶然を嘆くばかりだ。

五分か十分ほども、誰かが立ち上がって歩き回ったかと思うと、また誰かがどこかへ行くという具合でバタバタしていたのが、ようやく全員が何かしらの飲み物を買い込んで席についた。「ああ、やれやれ」という声を聞きながら、こちらも思わずため息をつく。これで静かになってくれればいい。

「ダメなんだ、俺、前立腺がさ」

「あ、前立腺？　俺、手術したよ」

「本当かい。いつ」

「だいぶ前だなあ。何年になるかな。がんだったんだ」

ところが男性たちは、休む間もなくまずお互いの健康の話に花を咲かせ始めた。そのうちに自分たちの話だけでなく、他の誰かの噂《うわさ》話も加わり始める。一人で過ごしている客の多い店内に、「がん」「余命宣告」「葬式」「墓」「相続」「介護」などといった言葉が響き始めた。それも、笑いながら話している。誰それが死んじゃった。あーあ。しょうがねえな。あっはっは。あいつも死んだそうだ。え、知らなかったな。百まで生きるかと思ったよ。三回も手術したんだってさ。そりゃ物入りだったな、あ、死んじまえば関係ないか。あっはっは。

ところが、ちらちらと見た限りでは、誰の顔も特段、楽しそうにも見えないのだ。むしろ真顔に近いのに、誰かが何か言うと口もとだけ「あっはっは」と開くような状態だった。そしてまた真顔に戻る。楽しいのか楽しくないのか分からない顔つきばかりだ。

服装などから、生活に困窮している感じは見受けられない人たちだった。サンドベージュのジャケットにサックスブルーのポロシャツ、下はチノパンといった具合で、ご本人が選んだのかどうかは別としても、老醜などというものは感じさせない。容貌や雰囲気からしても、現役時代はそれなりの地位にいたのではないかと感じさせる人たちだった。

それでも年齢を重ねてくると、こんな風に表情が乏しくなるのだろうか。耳が遠くなってくるから、自然に声は大きくなるらしい。これは仕方のないことだ。加えて、どうやら周囲のことも目に入らなくなるようだ。しかも、たとえマナーに反していると分かっていたとしても「それくらい、どうということはない」という、いわゆる倫理観の低下のようなことが出てくる。現に隣の四人組も、一人は大声で携帯電話を使い始めたし、もう一人は今すぐにでも吸いたそうに煙草を取り出して、他の仲間から「やめとけよ」などと言われている。彼らだって、おそらく現役時代はわきまえのあるまともな大人だったに違いないのに。

「それで、俺さ、この間、尾瀬《おぜ》に行ったんだよ。女房とさ」

「それ、さっき聞いたばっかりじゃないかよ」

「そうか？　いいから聞けよ。俺、尾瀬に行ったんだよ」

「しょうがねえなあ、同じ話ばっかりしちゃって。大丈夫かね、この人」

「そうしたら尾瀬で、誰に会ったと思う？」

「〇〇さんだろう？」

「あれ、なんで知ってんだよ」

「だから、さっき聞いたよ」

「そうか？　とにかく、〇〇さんとさ、会ったんだ。尾瀬で。こんな偶然、あると思うかい」

「本当だなあ、そりゃ、すごい偶然だ」

また、あっはっはと笑う。彼らの周囲から、どんどんと若い客が席を立っていった。そうこうするうち、こちらにも待ち合わせの相手が現れた。コーヒーを片手ににこにこと近づいてきたものの、隣に陣取っている四人組に気がついた途端、「あっちの席にしようか」とすぐに言われた。だが、離れた席に移っても、彼らの声は十分すぎるほど聞こえてくる。それほど大きな声なのだ。店を出るときに見ると、彼らの周囲からは客が去り、四人の老人だけが、ぽっかりと取り残されたような空間で笑い合っていた。

×月×日

駅に隣接する商業ビルで人と待ち合わせをしていた。ビル内の、椅子やベンチが並んでいる広場でぼんやりスマホを眺めていたとき、視界の片隅がさあっと黒くなった。何ごとかと顔を上げると、喪服の女性たちが七、八人、まとまって入ってきたところだった。彼女たちは広場の前にあるカフェを目指しているらしく、真っ直ぐに突っ切っていく。その姿を見ていて、奇妙な違和感を抱いた。

颯爽《さっそう》としている。

全員まだ三、四十代くらいに見えたせいもあったかも知れない。若々しくて当然だ。だがそれにしても、誰もが黒いスカートの裾を翻すような歩き方の上に、中には肩で風を切っているような雰囲気の人もいて、正直なところ、葬儀の帰りなのかと首を傾げたくなる雰囲気が漂っていた。

「満席だった。どれくらいで空くか分からないって」

カフェを覗きにいった一人が戻ってきて他の人たちに話すのが聞こえた。

「いいよ。待とう待とう。べつに急がないでしょう？」

「そうしよう。履き慣れない靴で来たから、くたびれちゃった」

相談は簡単にまとまったらしく、彼女たちは辺りを見回した後、広場に並べられているいくつかの椅子に数人が腰掛け、残りの数人がそれを取り囲むような格好になった。普段着の主婦や学生、サラリーマンなどが行き来する施設の広場で、ひとかたまりになっている喪服の女性たちは、それだけでも十分に人目をひく。

「それにしてもさあ――どう思った、あれ」

間を置かず、誰かが口を開いた。途端に「そうそう！」と声が上がる。

「そのこと、言いたかった。私も！」

「だよねえ。ちょっと、あれはないんじゃないの」

「ないない。あり得ない」

見れば女性たちからは喪服のデザインや髪型などから、それぞれに垢抜けてお洒落な雰囲気が伝わってくる。それでもやはり誰かの死を悼《いた》み悲しんでいるという雰囲気ではなく、表情もけろりとしているし、単に仲間同士で集まったような感じしかしてこない。

「喪主の挨拶でしょう？　あれねえ」

「それもそうだし、もうちょっと落ち着いてから言おうかと思ってたんだけどさ」

　誰かがわずかに声をひそめて呟いた。喪服の輪が心持ち縮む。

「私がびっくりしたのはさ、何て言っても、死化粧っていうの？　あれがちょっと――」

「そうそう。私も思ったのよ。あれ、プロがやったのかしら。最近いるんでしょう？　ほら、映画にもなった――」

「あ、『おくりびと』ね、観てないから知らないけど」

「プロがやったにしては――」

　そこから、不謹慎にもクスクスという小さな笑い声が聞こえてきた。間違いなく、故人のことを言っているのだ。今ごろは、まだ火葬場にいるかも知れない人のことを笑っている。

「あれ、ひどいよ。だって、ファンデーションは真っ白だし、リップはあんな濃い色にしちゃって。いくら死んでたって、女の人にだって、あんなお化粧しないよ」

「チークも入れてたよね。くっきり」

「でしょう？　どう見たって、ふざけてんのかと思うわよ。もしもプロに頼んであんな風になったんだとしたら、私が遺族なら、もう激怒だよ」

彼女たちは自分たちの話に夢中になっていて、こちらになど見向きもしない。

「あの顔を見たときに、私、つくづく思ったわ。××くん、幸せじゃなかったなあって」

「私は逆にね、よっぽどひどい夫だったんじゃないかなと思った。ああいう形で復讐されるくらいに」

どうやら女性たちは故人に縁《ゆかり》の人たちらしいと思っていたら「でもさ」という声が被さった。

「それにしたって、参列者がみんな見るんだよ。向こうの親だって。だとしたら、○○って相当に怖いよね」

「○○はもともと怖いんだよ。だって、××くんの前につきあってた彼氏だって、その前だって、全部ストーカーみたいにして誰かから寝取ったんだから」

「え、怖っ」

「ていうかさ、あの二人は最初っから、きっと長く続かないよってていう話は、みんなしてたじゃない。ダブル不倫の挙げ句、一緒になったんだから」

「そうなの？　ダブル不倫？」

「やだ、知らない？　まあ、××くんの方は籍は入れてなかったから、正確にはダブル不倫とは違うかも知れないけど。でも、一緒に住んでたんだよ」

学生時代の友人か、それとも職場の同僚なのか、とにかく彼女たちは、故人とその妻の過去をあらかた知っているらしかった。そして今日は、妻に恨まれ、または憎まれていた夫の葬儀だったということだ。

「そういえば昨日の夜、△△ちゃんからLINEがきたんだけどね、今日の告別式には出られないから、昨日のお通夜に行ってきたって。そうしたら一人だけ、すごく泣いてる女の人が来てたって。○○がしれっとしてるのに」

「ひょっとして」

「ひょっとして」

彼女たちは、いかにもわけありげな表情になって互いに頷き合っている。

「でもさあ、浮気の相手だとしたら、正々堂々とお通夜だのお葬式だのに、顔を出すかなあ」

「そうか」

「それにしても、やっぱりすごいのは○○だよね。今日はホント、私、感心した」

「結構、泣く気で行ったのよ、実は私。やっぱりこの若さでって思ったら気の毒だし。だけど、○○を見てたら、涙なんか引っ込んだもんね」

「私も。何か、馬鹿馬鹿しくなった」

「何も、あそこまでサバサバした顔しなくても、よかったんじゃないの？　あからさますぎでしょ」

「ご両親？　××くんの。あちらが、お気の毒だったよねえ」

「あと子どもたちね」

そのときだけ、彼女たちの声が幾分かの湿り気を帯びる。同世代の彼女たちには、おそらくそれぞれに家庭もあり、子どももいるのだろう。遺された子どもたちのことを考えれば誰だって心は痛むに違いなかった。

「でも、上の子は○○の連れ子だよね？」

「あ、そうなの？　いちばん泣いてたじゃない」

「だから○○、言ってたよ。『憎らしい』って。『パパにばっかりなついてんのよ』って」

えー、という声が揃って聞こえた。それから彼女たちは再びカフェの様子を見にいったり、誰かが「煙草を吸いたい」と言い出したり、座っている人が立っている誰かと交替したりして話題は途切れた。だが、カフェはまだ席が空いておらず、彼女たちは、そのまま諦めずに時間を潰すつもりらしかった。こちらの待ち合わせ相手は、まだ現れない。

「悔しい。絶対、待つ。だってこの前、ネットで見たんだよね。あそこのタピオカが美味しいって」

「じゃあ、飲んでいかなきゃ。タピオカの何だろう」

「ミルクティーもあるけど、あと抹茶とかジュースとか、色々あるみたい」

「流行《はや》ってるもんねえ」

「そういえば、××くんなんかさ、まだ全然流行ってない頃、女の子を口説くのに使ってたんだよ」

「そういうのに敏感だったからねえ、彼」

「悪いヤツっていうわけじゃ、なかったもんね」

「なかったなかった。て、いうか、いいヤツだったよ」

「いいヤツだから、○○みたいなのに、まあ、引っかかったんじゃないの？」

「それで寿命を縮めたのかな」

その男性は一体どういう理由で命を落としたのだろうか。病気なのか事故なのか、いずれにせよ「いいヤツ」と言われ、まだ若かった彼の、この世で過ごす最後の日は、かなり屈辱的なものだったようだ。

「八名様でお待ちの□□さま、お待たせしました」

明るい声がして、喪服の彼女たちは「はーい」と一斉にカフェに向かって歩き始める。その後ろ姿は、やはり実に颯爽としていて、どこか楽しげにさえ見えた。

×月×日

何しろ陽射しの強い日だった。少しでも長い時間外《そと》にいたら身の危険を感じるほどの暑さの中をうんざりしながら歩いているとき、前を行く人から「いいじゃねえかよ！」という声が聞こえてきた。その声で初めて、自分の前を歩いている人を意識した。

二人連れだった。

一人はすらりとして背の高い、黒い髪を肩まで伸ばした若い女性だ。後ろ姿からして二十歳前後か、もう少し上くらいだろうか。淡い色合いのTシャツにハーフパンツ、肩から斜めにバッグをかけている。

「人の言うこと、聞けってんだよ！」

声を上げているのは、隣を歩いている人だった。その後ろ姿を眺めて初めて、ぼんやりしていた頭がはっきりした。

若い女性に比べて背はずい分低いが、たいそう太っていた。一歩一歩、前に進むごとに身体が左右に揺れる。下半身は太ももがぱんぱんに張っている黒いジャージー、上半身は真っ赤な半袖Tシャツ。背中に黒いリュックサックを背負っていた。目をとめた一つには、そのリュックサックのストラップやファスナーの引手など、あらゆるところに大きなマスコット人形やメジャー、コンパス、スーパーのポリ袋などがぶら下げられていたからだ。かといってアウトドアを楽しんでいるという様子ではない。足もとは素足にクロックスなのだ。加えてその人は、頭からやはり真っ黒のタオルを、だらりと被っていた。

「誰に向かってもの言ってんだよ、生意気な口ききやがって」

野太いが、それでも女性の声に間違いないだろう。身体が左右に揺れる度に、リュックサックからぶら下がった小物の類がカチャカチャと音を立て、頭から被った真っ黒いタオルの両端も、ふらり、ふらりと揺れている。そのタオルの下からは、一つに結わえてあるらしい髪の先が見えていて、そのままリュックサックの上に垂れ下がっていた。

「ったく」

分かるのは、その人の機嫌が悪いらしいということだった。普通に考えれば、その怒りの矛先は隣を歩いている若い娘に向けられているはずだ。ところが、何とも異様な雰囲気の「赤と黒」のかたまりに見える女性の隣で、長身の女性は何の反応も示さずに歩いていく。まるで、まったく関係のない人がたまたま同じテンポで歩いていて、今だけ隣り合っているように見えなくもなかった。

「そっちはそっちで勝手にしろよ。こっちも勝手にすっから」

後ろ姿の印象からは、いわゆる会社勤めとか、または普通の主婦には見えづらかった。リュックサックからぶら下がった数々の小物類と人形、何より真っ黒いタオルが、どうにも異様なのだ。たとえ暑さ除《よ》けだったにしても。それに、どうにも垢じみて見える。

目指すスーパーが近づいてきた。二人連れに興味はそそられたものの、ここでお別れだと思っていたら、その二人も並んでそのスーパーに入るつもりらしかった。店先に置かれたカゴを一人一人持って、「うー、すずしい」と言いながら店に入っていく。こちらは後に従う格好になった。

小型の食品スーパーだった。だが、それまでほとんど利用したことがなかったから、どんな商品がどういう風に並んでいるのかが分からない。とりあえずは店の出入口近くから、ゆっくりと陳列棚を眺めて歩き始める。なるほど、こういう商品を扱っているのかと思いながら歩いていくうち、二人連れのことなどすっかり頭から消えていく。しばらくして、菓子類の並ぶ通路にさしかかった。見ると、そこに「赤と黒」が一人でいた。丸い身体にリュックサックを背負っているから、それだけで通路が塞がれている。黒いタオルから見えている横顔は、四、五十代といったところだろうか。黒縁の眼鏡をかけた、化粧気のない女性だった。彼女は袋菓子を手に取って、ただじっと見つめている。

万引き？

反射的に思った。タオルで顔は半分隠れているし、リュックサックの膨らみや全体の雰囲気から、何となくそういう感じに見えたのだ。一緒にいた若い女性は、どこかで見張りにでも立っているのだろうか。

顚末を見届けたいとは思うが、だからといって、その場で見張っていることも出来ないから、また別の売場に向かうことにする。そしてまた店内を歩きまわるうち、奥の方にある冷凍食品の売場にさしかかった。すると、いつの間にかそこに「赤と黒」がいた。冷凍ケースの扉越しに、今度は一心にアイスクリームを見つめている。彼女の買い物カゴを見ると、袋菓子やスナック菓子、そしてカップ麺がいくつも入れられていた。

「いいんだ。自分のお金なんだから」

ふいに、彼女の呟きが聞こえてきた。

「何買ったっていいんだ。何だって買える」

まるで自分に言い聞かせるように低い声で呟き、それから彼女は小さな声で鼻歌を歌い始めた。どうやら万引きなどするつもりはないらしい。それよりも、こうして迷いながら一つ一つ菓子やアイスクリームを買えることが、もう嬉しくて楽しくて仕方がないという様子だった。幼い子のように。

こちらは今一つ買い物のイメージが出来上がっていないから、広くない店内を何度でも歩きまわることになった。振り出しに戻って、出入口近くで売られていた納豆を買っておこうか、ネギも欲しいところだが一本ずつしか売られていない割に高いな、などと考えていたら、「赤と黒」の隣にいた女性をようやく見かけた。実に静かな表情で陳列棚に手を伸ばしている彼女のカゴの中には、ニンジン、ジャガイモ、タマネギ、豚コマ、カレーの素。実に分かりやすい。

「金、あるね？」

ふいに「赤と黒」が近づいてきて若い女性に短く声をかけた。

「――ちょっと、そんなに買うの」

「帰ったら返すから」

「持ちきれないほど買ったって――」

「いいんだよっ、ちゃんと自分で持つんだから」

一体この人たちはどういう関係なのだろうか。

年齢差から言ったら親子なのかも知れないとは思う。だが、それにしては二人の雰囲気が違い過ぎた。もしも私が娘なら、自分の母親が真っ黒いタオルを頭から被って往来を歩くような真似は、断固として認めない。一緒に歩くことなど出来ない。その異様さに気づかない娘ではないだろうという気がする。

「そんで、今日は?」

一度、離れていった「赤と黒」が、すぐに戻ってきた。

「カレー」

「また?」

「無駄遣いする人がいるから」

それだけのやり取りで、また離れていく。どうやら一緒に住んでいることは間違いがないようだ。すると、やはり母娘なのだろうか。

あれこれ考えながら店内を歩いて、ようやく食材を選び終え、レジに向かったところで、また隣に「赤と黒」がいた。タオルを被ったまま、山盛り一杯になっているカゴをレジの台に載せている。

「アイス、すぐ食べるんで」

店の人がカゴに手を伸ばすか伸ばさないかのときに、彼女が言った。

「これ、アイスの分ね。あとは、ほら、あの人が払うから」

店の人は一瞬「え」という顔になって、いつの間にか私の後ろに並んでいた若い女性の方を見ている。つられてこちらも振り返ってしまった。

若い女性は、何も言わなかった。にこりともせず、頷きもしない。かといって、否定もしなかった。「赤と黒」は小銭入れからアイスクリームの代金だけ支払い、釣り銭を受け取ってすぐに、その場でパッケージを開き始めた。

「溶ける前に、食べないとさ」

黒いタオルを被ったまま、「赤と黒」は嬉しそうな顔をして、もうアイスクリームを頬張り始めている。こちらが支払いを済ませている間に、店の人は作り笑いのままカゴに残っていた菓子をレジに通して、後ろの若い女性に金額を伝えていた。

「あんたも食べれば」

「いらない」

最後に、背中で短いやり取りを聞いた。外は相変わらず、殴りつけるような陽射しだった。

×月×日

目指すホテルに、午後二時前に着いてしまった。その田舎町に一軒しかない、源泉掛け流しの温泉大浴場のついているホテルだ。とはいえシティホテルではなく、利用者の大半はビジネスマンや技術者など、いわゆる出張族の人たちであることは以前から知っていた。チェックインは午後三時だ。さて、どうしたものかと少しの間だけ考えて、とりあえず駐車場に車を置けるかどうかだけでも確認するためにフロントに行ってみることにした。

照明を落としたひっそりと薄暗い建物の中を進んでフロントを訪ねると、頼りない外光だけ受けて一人でいた若い女性スタッフが、こちらに気づくなり、ぱっと感じの良い笑顔を浮かべて「いらっしゃいませ」と言ってくれた。その笑顔に励まされるように事情を話すと、今日は既にすべての部屋の清掃が終了しているので、車を置くどころかもうチェックインして問題ないという。

「よかった。ありがとうございます」

話している間に、奥からもう一人のスタッフが姿を見せた。フロントとロビーの照明が次々に灯《とも》されていく。彼女たちの休憩時間を奪ったようで申し訳なく思いながらも宿泊カードに氏名などを記入していたときだ。急に周囲の空気が動いたと思ったら、あたふたと慌ただしい様子でひと組の男女が入ってきた。

「チェックインね。今日から二泊で予約していた○○なんだけど」

男性は四十代といったところだろうか、黒いジャンパーに黒いズボン、黒いキャスター付きのバッグを引きずっている。

「それで、実は急遽もう三泊ね、延ばしたいんだけど。それから、これも急遽なんだけど、もう一人泊まりたいんで」

フロントの女性は男性客の氏名を尋ねた上で予約を確かめている。

「○○さまですね、はい、ご予約いただいております。本日から二泊のご予定を、五泊に、ということでございますか?」

「そう。それで、一人じゃなくて二人」

「それは、同じお部屋で、お二人さまということでございますか?」

「そうそう。急遽、急遽、そうなったんで」

住所や連絡先を書き込みながら、つい隣を見た。やたらともっさりした髪をした、小太りの男性の斜め後ろに、小柄な女性がいた。こちらも男性と同世代だろうか、パーマっ気のない短い髪を明るい茶色に染めているが、その茶色の間から白髪が透けて見えている。明るいチェック柄のジャンパーに薄い色のジーンズ、足もとは白いスニーカーで、片手にナイロン製のショッピングバッグのようなものを提げていた。まるで近所に買い物に行く主婦のようだ。少なくとも五泊もする旅行者には見えなかった。

「あの、お部屋のタイプはご予約のままですと――」

「いいの、いいの。分かってるから。ただ五泊になって、二人で泊まるっていうだけ」

「そうなりますと、お部屋は同じでも、お一人分の宿泊料金をべつに頂戴しなければならなくなりますが」

「ああ、いいよ。それは払います」

たまたまチェックイン前の時間でもフロントにスタッフがいたからよかったものの、そうでなかったら、この人たちはどうしたのだろうかとふと思った。それにしても、こんなに慌てた様子で、すぐにホテルに入らなければならないとは、どんな事情があるのだろう。しかも、この周辺には取り立てて見るべきものもないし、そんな辺鄙《へんぴ》な田舎町で五泊するなど、普通の旅行者ではそう考えられることではなかった。

隣の男女に気を取られつつも、部屋のカードキーを渡され、大浴場の使い方などを説明されて、フロントを離れた。まずは部屋に荷物を置き、そのまま遅い昼食に出かける。高齢化と人口減少のすすむ町は、午後の陽射しの下でもからん、と静まりかえり、歩いている人の姿も見当たらなければ車の行き来もほとんどなかった。ホテルの傍に一軒だけ見つけたラーメン屋は、すっかり色褪せてすり切れかけた赤い暖簾を冷たい強風にはためかせていた。

次に二人を見かけたのは夕方、大浴場に行こうとエレベーターに乗ったときだ。途中の階から例の男女が乗り込んできた。服装はさっきと変わっておらず、すぐ目の前に立った男性の頭からは脂臭い匂いがした。ボサボサの髪にはフケも混ざり、黒いジャンパーの肩にも降りかかっている。一方、女性の方の髪もまるで艶がなく、近くで見ると余計に白髪が目立った。もう何カ月も染めていないのは明らかだ。ショッピングバッグは持っていなかったが、代わりに細いベルトのポシェットを肩から斜めにかけている。指輪など一切はめていない手はひどく荒れていて、指や爪の様子から、ずっと働きづめで来た人のように感じられた。

駆け落ち、とか。

だが、同じ部屋に泊まることにした割には、二人はいかにもよそよそしい雰囲気だった。ある種の緊張感のようなものまで漂っている感じがする。しかも、色気など微塵《みじん》も感じられない。

それとも、人目を忍んでいるんだろうか。何かの事情があって。

風呂で一緒になるかと思ったが、女性は入ってこなかった。少しばかり時間が早かったせいもあって、貸切状態で気持ちのいい温泉を満喫するうちに、二人のことは簡単に忘れた。

駅のそばのホテルだった。一時間に何本くらい列車が停まるのか知らないが、細く開けた窓からは時折、発車を知らせるベルの音が聞こえてきた。あとは静寂ばかりだ。

その晩、少し遅くなってからホテルの真ん前にあるコンビニエンスストアに行ったとき、あの男性を見かけた。服装も変わっておらず髪もボサボサのまま、一人で雑誌を立ち読みしている。温泉宿に泊まっているにも拘《かか》わらず、風呂を楽しんだ様子はなかった。夜更けに一人でコンビニまで来て、時間つぶしのように立ち読みをしている姿には、やはり違和感を覚えた。

一体どういう二人なんだろう。

内心で首を傾げていたとき、コンビニのドアが開いて、女性の方が入ってきた。男性を見つけると近づいていって何か話している。それから女性はすっと男性のそばから離れると、惣菜や弁当の売場に移動し、それほど迷う様子も見せずに弁当を一つだけ手に取った。夕食はコンビニ弁当で、しかも一人で済ませるつもりなのかと、また妙な感じを抱いた。辺鄙な田舎町だが、少し歩けば多少の飲食店はある。旅行者なら、そんな店に行ってみたいと思うのが普通ではないかという気がしたからだ。女性は一人で弁当をホテルの部屋に持ち帰り、では、男性の方はどうするのだろうか。これから一人で呑みにでも行くのだろうか。やはり、どうも分からない。

深夜、妙な時間に目が覚めて、また風呂に入る気になった。客室に備え付けの作務衣《さむえ》に羽織姿で階下まで降りていったところで、飲み物などの自販機が置かれているところに人がいた。こんな時間に人がいるとは思わないから、思わず「あっ」と声を出してしまったら、びくんと身体を弾ませて振り返ったのは、あの女性だった。服装は相変わらず昼間のままだ。ジャンパーさえ脱いでいない。しかも、スマホを耳にあてて、誰かと話している様子だった。

チェックインするときに、男性が「急遽」という言葉を使っていたことを思い出した。何かの事情があって急に宿泊日数が増え、この女性が加わったのは間違いがない。だからこそ一瞬、駆け落ちでもしてきた男女かと思ったのだが、そんなにロマンティックな雰囲気は二人にはない。それなら「急遽」の理由とは何なのだろう。誰かから逃げてでもいるのだろうか。人目を気にするのなら、男の方はどうしてコンビニで立ち読みなど出来るのだろう。女性の方は、こんな深夜に一人で誰に電話しているのだろう。

分からないことだらけだった。

今度は温泉に浸かっていても、二人のことが頭から離れなかった。勝手に想像が膨らんで、事件に発展しなければいいが、とまで思った。

朝になって一階に朝食をとりに行くと、あの二人連れがいた。他の宿泊客は大半が出張族で、食事を済ませたらそのままチェックアウト出来るように、既に身支度を整えているから、作務衣に羽織姿の男女は否応なしに目立っていた。相変わらず表情がないまま、それでも彼らはテーブルで向き合っている。

温泉には浸かったんだろうか。

これからまだ四泊、彼らはこの味気ないホテルで過ごす。その後の彼らには何が待ち受けているのだろう。飛行機の時間を気にしながら、こちらは慌ただしく箸を動かした。

×月×日

信号が青に変わって、人々が一斉に横断歩道を渡り始めた。午前十時過ぎ。通勤の波もおさまって、駅のすぐそばではあったけれど、さほどの混雑も忙《せわ》しなさもない。今にも降り出しそうな雲行きの、寒い日だった。すれ違う人々は一様に、冷たい風に首を縮めるようにして、黙々と駅に向かっていく。マフラーやダウンコートが当たり前の季節になった。

少し前を、ベビーカーを押して渡っていく女性がいた。カツカツと靴音を響かせて勢いよく歩いていく。黒いコートの裾が翻るのをふと目にとめて、この季節にしてはずい分と薄手のコートだなと思っていたら、横断歩道を渡りきろうというところで、縁石のほんのわずかな段差にベビーカーがつかえた。その瞬間、ベビーカーは前のめりに倒れ込む格好になり、乗っていた子が、ころり、とこぼれ落ちかけた。

「あ、ごめんごめん」

泣き声は立たなかった。母親と思われる女性は、素早くベビーカーの体勢を戻し、横に回り込んで、地面に落ちそうになっている子を元の姿勢に座り直させている。見ると、その子は首から下をすっぽりと毛布でくるまれていた。表の柄を見せないようにか、裏返して使っているらしく、真っ白い無地の毛布の縁を首の後ろで結わえていた。子どもは二歳くらいだろうか。それにしても、ベビーカーなら普通、安全ベルトがあるはずだ。それにフロントガードもついていて、だから子どもの転落や転倒が防げるのだが、そのベビーカーは、本当に腰掛けるだけのもののようだった。

「大丈夫？」

「うん」

子どもの返事を確かめると、女性は再びベビーカーを押し始める。カツカツという音が背後から響いてきて、それと一緒に母子のやり取りも聞こえてきた。

「ねえ、ママー」

「なあに」

「朝、ビール呑んだ？」

「どうして？」

「ママ、ビール呑むと、〇〇ちゃんのこと、落っことすから」

つい、耳をそばだてた。この母親は、酔うと子どもを落とすのか？　しかも、朝からビールを呑むような日常を送っているのだろうか。

「今朝は呑んでないよ。今のはね、つっかえたからだよ」

まだ幼くあどけない子は、思ったままのことを誰はばかることなく口にする。それに対して母親の方も、さほど人通りの多くない住宅街に続く道を進んでいるせいか、周囲を気にしている様子がなかった。

「もう、落っことさないようにするから」

「だったら、今日は呑まない？」

「お昼ごはんのときは、呑もうかな」

「ビール？」

「うん、ビール」

「じゃあ、○○ちゃんはね、ジュース」

「もしも、お話がうまくいったらね」

カツカツという靴音が少しテンポを速めて、そのまま追い抜いていった。ベビーカーは一度、歩道から車道にはみ出して進み始め、しばらく進んだ後で、再び小さな段差のある歩道に上がろうとして、また縁石でつんのめった。毛布でくるまれた子が、またもやころり、と転がり落ちかけた。

「ごめんごめん」

母親はさっきと同様に子どもをベビーカーに戻す。どうして安全ベルトをしないのか、それともベルトがないのだろうか。最初からそんな状態のベビーカーなど、売られているものだろうか。

「ねえ、ママー」

「うん」

「貸してくれるって、言うかな」

「どうかなあ」

「貸してくれるといいねー」

「うん」

また、カツカツという靴音が響き始めて、遅れを取り戻すかのように、こちらを追い抜いていく。改めて見てみると、母親のハーフコートの下から見えている柄物のパンツも、ずい分と薄手らしく、しかも一見してだぶついている。つまり、冬の出で立ちという感じでもなければ、小柄なその人の体型にも、まったく合っていないようだ。肩から提げている布製のバッグは大ぶりなものだが、いわゆるショッピングバッグで、しかも相当に色褪《あ》せてくたびれている。女性の髪は肩よりも短く、お洒落にはしていないが、だからといって乱れているというわけでもなかった。ぱっと見た感じでは、ごく普通の地味な女性だ。

「貸してくれたら、お昼にビール呑む？」

「そうだね」

「どこで？」

「どこにしようかなあ。ガスト行こうか」

「ガストいくー」

話を聞いている限りでは、どうも借金の申し込みにでも行くように受け取れた。この季節になっても、冬物のコートすら着ていない女性は、もしかすると相当に困窮しているのかも知れない。だから子どもにも防寒具などを着せられず、せいぜい毛布でくるむ程度のことしか出来ないのだろうか。少々の段差でつまずくベビーカーは、もしかすると安全ベルトが壊れているか、場合によっては中古品なのかも知れないと思った。

「ママー」

「うん」

「おしっこ」

「え、まじ？　やだなあ、まじで？」

「おしっこー」

カツカツと響く靴音が速くなった。女性はあまりヒールの高くない黒いパンプスを履いている。それも、見ようによっては柄物のパンツに合っているとは言い難いものだ。要するに彼女は、よく見れば何もかもがちぐはぐなのだった。

「もう少し、我慢できる？」

「おしっこー」

少し先の通りを渡ったところにコンビニエンスストアの看板が見えてきた。もともと寄っていくつもりでいたのだが、こちらが通りを渡ろうとする前に、もう母子が渡っていった。もちろん女性の方は、こちらのことなど意識もしていない。前後して自動ドアの出入口から店内に入ると、女性は既に、店の奥にある化粧室に向かってベビーカーを押していくところだった。

まだ午前十時過ぎだ。

他に客の姿の見えない店内では、ユニフォーム姿のスタッフたちが、入荷してきた品物をあちらこちらの棚に並べている最中だった。その日は朝食抜きで早くから動き回っていたから、ちょっとした飲み物と簡単に口に入れられるものでも買っていくつもりで、飲み物や惣菜の棚などを見て歩いていると、いつの間にかベビーカーを押した女性が近くにいた。ベビーカーの子は相変わらず毛布にすっぽりとくるまれている。毛布が白い無地のせいだろうか、男の子か女の子か分からないが、とにかく黒くつやつやした髪ばかりが印象に残った。

「ママー、ビール買うの?」

「寒いから、違うのにしようかな」

「違うの?」

「もっと、早く暖まるもの」

母親は、日本酒や焼酎などが並ぶ棚を一心に見つめている。朝からビールというだけでも尋常ではないのに、彼女はもっと強い酒を呑むつもりなのだろうか。いや、決めつけることは出来ない。もしかすると、彼女は夜の仕事をしているのかも知れない。だから朝は、彼女にとっては一日の終わりとも考えられるのではないか。けれど、これから借金の申し込みをするかも知れないのに、酒臭い息で大丈夫なのか。

余計なことを考えている間に、彼女はカップの日本酒を一本、手に取った。

近くで見ると、コートの薄さがさらに分かる。これでは本当に辛いに違いない。

その寒さを、女性はアルコールでしのごうとしているらしかった。

「ビールは？」

「ビールは、お昼までとっておこう」

「うん、じゃあ、お昼にね！」

幼い子の、いかにも楽しげな声が、他に客のいないコンビニ内に響いた。

×月×日

「天気さえよけりゃあ、季節によっては樺太《からふと》が見えるんだがね」

凍りつくほど冷たい強風にさらされながら、人っ子一人いない宗谷岬《そうやみさき》に立って、ここが日本の最北端かと目の前の風景を心に刻みつけようとしていたとき、背後から声がした。振り返ると、ここまで乗ってきたタクシーの運転手が肩をすくめながら立っている。

「僕の、生まれ故郷なんだ。樺太」

高齢だとは思ったが、そんな世代なのかと驚いている間に、運転手は現在はサハリンと呼ばれるロシア領の島が、あたかも自分の目には見えているかのような表情になった。聞けばもう七十七歳になったのだという。

「親父とおふくろが僕を連れて引き揚げてきたのは、終戦後四年も過ぎてからなんだよ。それまで、留め置かれたんだ。最後の最後の帰還船でやっと帰ってこられてね」

降り積もった雪が凍りついているところがあるから、歩くのにも気をつけなければならない。あまりの強風に、溢《あふ》れ出してくる涙は横に飛んでいった。この風の強さのために、宗谷岬の周辺では樹木はほとんど育たないのだそうだ。だが、強風にもこれほどの寒さにも慣れているせいか、老運転手は薄手のジャンパーを羽織っただけの格好で語り続けた。

「僕らの親の時代は、本当にみんな、ひどい目にあってるんだよなあ」

父親は東京の出身だそうだ。大学は出たものの、その頃はちょうど大正時代の戦後恐慌の真っ只中でなかなか就職先が見つからず、ようやく雇ってくれそうになったのが王子製紙だった。その条件が、樺太支社への赴任だったという。当時、製紙会社は樺太からも原材料となる木材を調達していたのだそうだ。東京の人間が樺太まで行くのには相当な覚悟が必要だったが、仕事が見つからないよりはましだと腹をくくって海を渡った。ところが樺太に赴任して間もなく、関東大震災が首都圏を襲う。それで、東京に残していた家族全員の行方が分からなくなった。

「お母さんは山形の生まれで九人姉妹の三番目なんだけど、赤ん坊の頃に神主の家に養女に出されたんだって。だから戦争が終わって、ずい分たつまで、実の親のことも知らなければ、妹たちのことも何も分からなくて、やっぱり独りぼっちだったって。それで、働くために樺太に渡ったんだよ」

あまりの寒さに長時間は外にいられず、タクシーに戻った。観光シーズンはとうに終わっていて、めぼしい観光地はどこもが閉鎖されている。ただ鉛色の空と波立つ海、うっすら雪を被った景色ばかりを眺めながら、老運転手の話を聞くことになった。たとえば地元に信徒が一人としていない謎の寺院について。また、樺太を探検した間宮林蔵《まみやりんぞう》は生涯独身だったというが、実はアイヌの女性との間に子をもうけており、その子孫は今も北海道にいる、などなど。

「明日の飛行機までの時間、ノシャップ岬を案内するよ。ホテルまで迎えにいくから」

ホテルに近づいたとき、最後に老運転手はそう言い出した。そして翌日、約束の時間にはもうホテルの前で待っていた。

「終戦後、日本はどこもかしこも焼け野原になっちゃったっていうし、東京の家族だって行方不明のまんまだから、親父たちはいっそこのまま樺太で生きていこうかって話したらしいんだよね。ロシア人の友だちも一杯出来て、みんなによくしてもらってたし」

かつて稚内《わっかない》と樺太とを結ぶ航路があり、その船の発着場まで鉄路が敷かれていたという北防波堤ドームの前で、老運転手はまた語り始めた。

「でもさ、引き揚げたくても引き揚げられない人たちも一杯いたんだよ。うちは夫婦共に日本人だったから帰れたけど、どっちかが日本人じゃないと、帰れなかったんだ」

当時の樺太には日本人だけでなく中国人も朝鮮人も、またロシア人もいた。配偶者が日本人でない場合は帰国は許可されず、それは多くの場合、女性だったという。あの島で、故国に帰れず肉親にも会えないまま死んでいった人たちは大勢いると老運転手は語った。一方、彼の父親は、帰ったところでどうやって暮らしを立てていけばいいのかという不安を抱いていたが、ロシア人の友人たちは「一年間は仕事がなくても暮らしていかれるようにしてやる」と、ある程度の金銭をかき集めて持たせてくれたのだそうだ。

「住んでたのは久春内《くすんない》というところだったけど、みんなに見送られて豊原《とよはら》まで出て、そこから船に乗ったんだ。今のユジノサハリンスクだね。帰還船が着いたのは、稚内じゃなくて函館《はこだて》だった。だけど、そこの税関に、持ち物はほとんど没収されちゃったんだよ。せっかく持たせてもらったお金も、全部、取り上げられたって」

ずい分後になってから訴訟を起こしたが、結局は没収されたものの行方はまったく分からないままだった。

「おかげですぐに働かなきゃならなくなったんだな。だけど、東京まで行ったとしたって、もう頼れる相手はいないからね。それなら樺太でやってたのと同じ仕事がいいって、材木関係のね。それで引き揚げ者の知り合いを頼って、こっちまで来たんだ。樺太が見えるところにさ」

引き揚げてきた当時は新聞で大きく報じられたから、日本中のあらゆる場所から、家族や友人が未だに樺太から戻ってこないと心配する人たちが訪ねてきて、その都度、名前を出されたり写真を見せられたりしたという。その必死な様子があまりにも気の毒で、中には知っている人もいたし、既に亡くなっている人もいたが、胸が痛くて、とても本当のことは言えなかった。ただ分かっていることは、帰還船は自分たちが乗った船でもう終わりだということと、今後はもう二度と帰ってくることは出来ないだろうということだった。

「戸籍も出生地も全部、樺太から日本に変えさせられたんだ。それがさあ、『○○町字番外地』っていうんだ。それで、学校でいじめられたよなあ。ほら、『網走番外地』って流行り始めてたときだったのさ。だから、番外地っていったら刑務所で生まれたのかって言われてな。他にも引き揚げの人たちはいたけど、みんな、本当に色んな苦労をしたよね」

それでも、とにかく小さな町に家を見つけて、その後は母親の養父母を山形から呼び寄せ、家族は父親の仕事と養父母の畑仕事とで、どうにか食いつないできたのだという。

「まだ親父が生きてる間に、向こうに渡れるようになったとき、僕、一度連れていったことがあるんだよ。自分たちが住んでた、久春内にね。そうしたら親父はもう、泣いて泣いてさあ、こんなに泣くんだったら連れてこない方がよかったんじゃないかと思うくらい、本当に泣いたんだよなあ。見ていられなかったよ。考えてみたら親父にとっては、樺太で暮らしてたときが人生で一番幸せだったんだ」

風は相変わらず強かったが前日より天候がよくなって、ノシャップ岬からは利尻島《りしりとう》と礼文島《れぶんとう》がよく見えた。中でも雪をいただいた利尻富士は、実に見事で美しかった。老運転手は、あの利尻富士にかかる雲で天気の変化が分かるのだとも教えてくれた。

「親父が樺太に渡ったのは、かれこれ百年くらい前のことになる。それから戦争があって、こっちに引き揚げてきて、日本はものすごく変わったけど、さあて、よくなったのかどうか。どうもこのところは、そんな風には思えなくなってきたよね」

景気が好かった時代は、稚内でタクシー運転手をするのなら、まず港に入る船の名前と寺院の名前を覚えろと言われたのだそうだ。それほど港は活気に溢れ、大勢の船乗りたちが夜の街に繰り出して派手に遊ぶことが多かったし、人口の割に寺院も多いから、坊さんの送り迎えや法事なども多かったのだという。だが今、かつて六十艘あった底引き網漁船は六艘にまで数を減らし、駐留米軍も去って、港の前に軒を連ねていた土産物店なども、すべて消え去った。

「僕はね、年金が年間三十六万円、減額になったの。だから、この歳になっても、働かないわけにいかないんだ。時々、あのまま樺太に残ってたら、その後はどんな人生になったんだろうかと思うけど、まあ、今となっては考えてもしようがない」

どうせ稚内に来たのなら、豊富町《とよとみちょう》の牛乳を飲んで帰るといい。土産物は海産物の他に、牛肉も美味しいなどと教えてくれながら、最後に老運転手は「今度は花の咲く季節においで」と言った。

×月×日

乗っていた電車がホームに滑り込み、人の乗り降りがあって車内の空気が動いた。視界の片隅に、一人の女性の姿が入ってきた。

フェイクファーというのか、毛足の長いモコモコした質感の真っ白いハーフコートが見えた。その下からは黒いフレアのミニスカート。黒いタイツを穿いた足もとはムートンの縁取りがある踵がぺたんこのショートブーツ。いかにもイマドキの女の子らしいという印象だ。肩からはベルト部分がチェーンとレザーになっている有名ブランド品か、またはそれに似せたショルダーバッグを提げている。何気なく見上げると、見事なほど艶々とした、茶色いボブカットの髪が見えた。

「今日は、思ったより会議が長引きましたもんね」

方向からして、おそらくそのハーフコートの彼女が発していると思われる声が聞こえてきた。服装のイメージからはかけ離れて、ずい分と落ち着いて、きちんとした話し方をする。

「お疲れになったんじゃないですか」

彼女は脇の手すりに摑まって正面を向いている。どうやら話の相手は、目の前に腰掛けている様子だ。口調からして上司と部下といったところだろうか。二人はそれからもひとしきり、仕事に関することを話している様子だったが、電車の振動音もあって、座っている相手の話し声はほとんど聞こえて来ない。ただ白いハーフコートの彼女が、実にてきぱきと相づちを繰り返したり、「では明日はその件を朝イチで片づけます」などと応えるのが聞こえた。

「××さんですけれど、あの方の発言って、どうしても私には建設的に聞こえなくて」

そっと視線を巡らせると、こちらから二人置いてその向こうに腰掛けている男性のコートとグレーのズボンが見えた。話の相手はその男性だろう。

「それに、〇〇さんも気になります。女性蔑視が甚《はなは》だしいですし、いつでもどこか鼻持ちならないっていうのか、いかにも計算高そうで、明らかに人を見くびっている感じがします」

ごとん、ごとん。電車が次の駅に着き、また人の動きがある。再び動き出した車内で、また女性の話し声が聞こえてきた。

「ああいう人は、私、絶対に信用出来ないと思います。用心してかからないと、きっとそのうちに寝首をかかれますよ」

若い女性にしては、また思い切ったことを言うものだ。

「それで、今日はどうします？」

ふいに、話題が変わった。とうに日も暮れて、窓の外には闇が広がっている。混雑している車内で、言葉を発している人は他におらず、あとはごとん、ごとんという音が響いているばかりだ。

「それなら、やっぱり家でゆっくりした方が、よくありません？」

ハスキーな声の持ち主だった。落ち着いているというよりも、ある種の迫力のようなものさえ感じる。若い女性でこういう声の持ち主も珍しいなと思っていたら、その声が、いかにも唐突に「可愛い」と言った。

可愛い？

つい、顔を上げて声のする方を見てしまった。さっきは艶々の美しいボブカットしか見えなかったが、今度は顔がはっきり見えた。

女性は明らかに五十代か、または六十代にさしかかっているかも知れなかった。モコモコの真っ白いハーフコートを着て、襟元にはチェックのマフラーを巻き、驚くほど厚化粧の彼女は、真っ赤な口紅で彩った口もとを大きくほころばせながら、目の前に腰掛けている男性の方に手を伸ばし、相手の頭を撫でているらしかった。

「本当、可愛い」

思わず少し姿勢を変えるふりをして、相手の男性の方まで見てしまった。こちらはもう七十前後に見える。服装も顔つきも、取り立てておかしな感じはない。だが、白い髪は相当に残り少なくなっているし、とてもではないが人前で頭を撫でられて喜ぶような風貌には見えなかった。

「本当は、来たいんでしょう？　だから、今日だったら私の方は構わないんですよ。息子も来ない日だし」

桁外《けたはず》れに若作りの格好で、女性は不敵に笑いながら男性を見ている。言葉だけは丁寧だが、彼女の方が男性を支配していることは一目瞭然だ。

それから、男性の方が少し何か言った。女性は「え、え」と小首を傾げてわずかに身を乗り出していたが、その後、今度はけたたましい笑い声を上げた。

「大丈夫ですってば。ちゃんと洗ってあげますから。社長、本当にお風呂がお好きなんだから」

社長。まさかあだ名とも思えない。それなら彼女の肩書きは何なのだろうか。秘書か、部長か——勝手に想像を膨らませている間に、彼女は、今夜の過ごし方についてあれこれと提案を始めた。

帰宅したら、まず風呂の用意をする。社長には「自分でお湯をためられるでしょう？」と確かめていた。先に風呂に入っていてもらい、その間に女性は食事の下ごしらえをして、それから自分も風呂に行く。社長は、彼女にシャンプーしてもらうのが好きらしかった。

「男の人って本当に、いくつになっても赤ちゃんみたいなんだから。息子より手がかかるわ」

ぽかんとして見上げていたら、微笑む彼女と一瞬、目が合いそうになってしまった。慌てて視線を逸らしたが、意識は彼女から容易に離れられるものではない。

「お肉もお野菜も、下ごしらえして冷凍してある物がありますから、大丈夫です。シチュー、お好きでしょう？　帰りにいつものあそこでパンを買って——ああ、ワイン？　少しだけならね」

なにも不倫の関係とは限らない。社長はもともと独身なのかも知れないし、もしかすると妻と別れたか、または先立たれた身なのかも知れなかった。彼女の方だって服装はさておき、その年齢からして、話に出てくる息子も既に大きいに違いなく、とうに独立しているとも考えられる。彼女もまた、今は自由の身なのだとしたら、つまり二人は、誰に何を咎められる理由もない。それなのに、得も言われぬ不健全な雰囲気があるのはどうしたことだろう。

第一には、人前でこんな話をしている事実。第二に、彼女の服装と年齢のギャップ。そして、彼女が職場の人事にまで口出しをしているらしいことへの不快感。無抵抗の「社長」の腑抜けぶり。まったく無関係でありながら、彼らの職場で働く人たちが気の毒にさえ思えてきた。

「だーめ。お食事が済んだら、ベルちゃんのお散歩に行かなきゃ」

気がつくと、今度は犬の話になっていた。女性は通称イタグレと呼ばれるイタリアン・グレーハウンドを飼っているらしい。今、人気の犬種らしく、よく見かけるし、小柄で華奢な猟犬であることは知っているが、見た目の通り、やはり冬の寒さには弱いらしい。散歩の前には「この前作った」コートを着せてやることを社長の仕事として、女性は命じていた。

「マフラーも巻いて、しっかり暖かい格好をさせてあげなきゃ」

女性の髪がきらきらと輝いて見える。ふと、ウィッグかも知れないなと思った。それほど整い過ぎていた。

「せっかく社長がプレゼントして下さったんだもの、あの子は私たちの娘同然なんですから。元気で長生きしてもらわなきゃ」

電車がスピードを落とし、次の駅に着いた。彼女は初めて気づいたように「あら」と言って社長の手を引く。まだそれほどの年齢でもないだろうが、手を引かれて、髪の白い老人は、ゆっくりと席を立ち、彼女に寄り添われて電車を降りていった。後ろ姿だけ見ると、彼女は贅肉のついていない棒のような脚をしており、ムートンのショートブーツもよく似合っていたし、まるで老人に寄り添う孫娘のように見えた。肩からかけているバッグは本物なのだろうなと、そのときに思った。

×月×日

広々とした空間には、中央にいくつかの治療用プラットホームが置かれており、その周囲には電動の牽引器具や筋力強化のためのトレーニングマシン、歩行訓練のための平行棒などが整然と並んでいる。室内には時折、様々な治療器のタイマー音が響く他は、理学療法士たちが患者に向き合う声が、静かに聞こえていた。病院のリハビリテーション科だ。

「ゆっくりでいいですよ。はい、右から五回ずついきましょう」

理学療法士の指導する声にあわせて、患者たちはそれぞれに自分の不具合な箇所と、黙々と向き合っている。二畳ほどの広さのプラットホームの上に横たわる人、腰掛ける人、ゆっくりと歩く人など。その大半は高齢者だった。こちらは五十肩の治療中だ。目をつぶってリハビリを受けつつ何となく聞いていると、高齢者たちは誰もが気軽な世間話をしながら、のんびりとリハビリに取り組んでいるらしいことが分かる。

「もうねえ、詐欺《さぎ》に遭ったら大変だからって、それは心配してくれて」

孫の話、この間まで娘二人と共に行っていた船旅の話、亡くなった夫の話。若いプロの力を借りて身体を動かす訓練をしてもらいながら、ひとときのお喋りを楽しむのが、そういう人たちにとって一つのレジャーになっているかのようだった。大半が二、三十代らしい理学療法士たちは誰もが忍耐強く高齢者の話に耳を傾けては、「よかったですね」「楽しみですね」などと、穏やかな相づちを打ちながら、決められた時間、患者の相手をしている。

ほとんどの場合は患者の聞き役に回ることの多い理学療法士たちだが、その中で、いつでもひと際よく聞こえてくる声があった。とはいえ、リハビリに関する指示をしているわけではない。ひたすら自分の話をしているのだ。

「海でも山でもいいな。とにかく早起きしてね、バイクぶっ飛ばしていくわけ。これがねえ、気持ちよくて」

「釣り竿さえ持って行けば、僕って何でも釣れるんですよね。子どもの頃から得意だから、キャンプに行ったって、食うに困らないんです。いいもんですよ、釣りって」

「え？　その話って、三十年前のことですか？　そんなら僕まだ生まれてないもん。僕が生まれたのはねえ――」

よく響く大きな声で、彼はリハビリの間中、ずっと自分の話をしている。キャンプ、バイク、釣り、サッカー。自由に歩きまわることさえままならない患者に向かって、若さと自由を思い切りアピールしているようにも聞こえた。

「本当だったら半年くらい仕事休んで、バイクで日本中を旅しながら、釣り糸垂れて、写真撮ってって、そういう生活でもしてみたいんですけどね」

高齢者から見れば、ちょうど孫くらいの年齢に違いない彼が、しきりに自分の話ばかりしているのを、わざわざ遮るような患者はいなかった。いつ行っても、彼は常に、時折驚くほど甲高く大きな声で笑いながら、自信満々で自分に関するあれこれを話し続けていた。

あるとき、「〇〇さん、ちっとも僕の言うこと、聞いてないでしょ」という、彼の声が聞こえてきた。

「おうちにいるときにも、少しくらい散歩とかして歩いてくださいねって、僕、お願いしてますよね？」

患者の反応は聞こえない。すると少しして「あ、そうか」と声が続いた。

「補聴器も外しちゃってるんだもんね、あ、あれあれ、本当は聞こえてるんじゃないですか。今、笑ったでしょう」

「ダメなのよ、聞こえないの」

患者の声からすると、七十代か八十代か、耳が遠いせいで自分の声も大きくなっているらしい女性だった。

「お散歩してますか、○○さん」

「……あのねえ、家にいるとね、どうしても、マッサージチェアに腰掛けたまでね、動きたくないの」

「えー、そうなんですか。全然？」

「動きたくないの」

「マッサージチェアから？」

「そうなの」

「じゃあ、今度、僕が○○さんのお家まで行って、そのマッサージチェア、もらってきちゃおうかな」

「……」

「いいですか？　もらいに行っちゃって。そうしたら、もう少しは動くようになるでしょう？　せめて、散歩くらい」

「……」

「だからね、いい？　行くよ？」

少しの間、静寂が流れた。

「ああ、でも今、悪い風邪が流行ってきてるから、無理に外に出たりするよりは、マッサージチェアの方が無難かな」

「……ええ？」

「悪い風邪がね、流行ってるんですよ。新型コロナウイルスっていうのがね」

「ああ、コロナ。風邪というより、あれは肺炎を起こすんでしょう」

「あれ、知ってるんだ？」

「今、マスクがなくなってるって、テレビでやってるじゃないの」

そうそう、へえ、知ってるんだ、偉いね、と理学療法士は言った。

「そう。マスクがないんですよ、どこにも。それでみんな、困っちゃってるんですよね」

すると患者の老女は、マスクなら家に山ほどあるという意味のことを言った。十年ほど前に新型インフルエンザが流行ったとき、娘が大量に買いだめをしたのだという。それが、ほとんど手つかずのまま、二階の押入れに積み上げられているると彼女は大きな声で言った。すると、「マジですか」と、例によってよく通る声が響いた。

「それ、今だったらすごく高く売れますよ」

「……ええ？」

「そんなにたくさんあるんだったら、転売すればいいんだよ。娘さんに言って、五十倍か、何なら百倍くらいの値段で出せばいいんだってば。ちょっとした小遣い稼ぎが出来ちゃうよ」

すると、理学療法士の声よりも大きな老女の声が「そんな馬鹿な！」と聞こえた。

「そんなことでお金もうけしようなんて、思うわけがないでしょうっ」

「そうかなあ、でも」

「正しくない考えですよ、そういうのは」

「だって、家に余ってるものがあって、欲しいっていう人がいるんだったら、売ってあげればいいんじゃないの？」

「何もそこであくどい商売をする必要なんて、ないじゃないの」

気がつくと、それまで小さなさざめきで溢れていた広い空間が、しん、と静まりかえっている。それまで、理学療法士に何を言われても弱々しい返事しかせず、まるで小馬鹿にされたような物言いも甘んじて受けていた様子の老女の、その毅然とした物言いに、誰もが気圧《けお》されている雰囲気だった。

「昔からねえ、『悪銭身につかず』っていう諺《ことわざ》があるの。そんなことをして、いくらお金を稼いだって、あなた、それで気持ちがいいですか？　困っている人につけ込むような真似をして手にしたお金を、あなた、気持ち良く使えますか？」

「――はいはい、あれ、何だか○○さんに怒られちゃったなあ」

あっはっは、というつもの笑い声。それから「はい、補聴器と眼鏡をつけましょうか」という声が聞こえてきた。

「じゃあ、○○さん、どうかな。僕がそのマスクを全部預かって――」

「いけませんっ」

結局、最後の最後まで、若い理学療法士には、老女の言葉の意味は分からない様子だった。「そうかなあ」という、いかにも不思議そうな、そしていつもの通りの陽気な声だけが、多くの老人がいる広い空間に響いていた。

×月×日

桜が咲いた。だが今年は新型コロナウイルスの感染拡大を防ぐために、早い段階から、都立の公園などでの花見宴会は自粛するようにとの要請が出されている。それならと、近くの公園まで散歩に出ることにした。この季節はいつもあまりの混雑で、地元の人間はゆっくりと散歩など出来なくなるのだが、今年は逆に少しは歩きやすくなっているかも知れない。

ところが、実際に行ってみたら予想以上の人出だった。

桜はまだ二、三分咲きといったところなのだが、人々はまるで待ちわびていたかのように、陽の光を浴びながら、ぞろぞろと群れになって歩いている。それでも、さすがに宴会する人たちなどはいないだろうと思っていたのに、それも違っていた。

まず、すべてのベンチが埋まっている。小さな折りたたみ式の椅子を持ち寄っている人たちもいた。そこで食べ物を広げ、音楽をかけて、こぢんまりとはしているものの、宴会に突入している。それどころか、よく見れば歩いている人たちの多くも、手に手に飲み物や食べ物の入ったポリ袋を提げていて、中には飲み食いしながら歩いている人も少なくなかった。もちろんマスクなどしていない。大きな声で笑い、喋り、人々の密度はますます濃くなっていく。

それほどまでに、やはり花見と飲食は切り離せないものなのか、何が何でも宴会をしたいのかと思いながら、この人の群れから外れることもしづらくて、仕方なく流れに混ざって歩いていくと、例年なら足の踏み場もないほど宴会客が集まる広場にさしかかった。すると驚いたことに、やはりシートを敷いて、ごく普通に花見宴会をしているグループがいくつもあった。

これは度胸というのだろうか。

それとも無神経というのだろうか。

何度も報道されているばかりでなく、公園内のあちらこちらにも自粛要請の看板はかけられている。それでもこうして平気な顔をして浮かれている人たちは一体、何を考えているのだろうかと首を傾げそうになっていたら、すぐ前を歩いていたダウンジャケットの男性が、ふいに歩く方向を変えて、「あんたらさ」と、宴会をしている若者たちに歩み寄っていった。六、七十代くらいだろうか。

「宴会は自粛って、聞いてないのか」

　すると、既に顔を真っ赤にして一杯機嫌になっているらしい若者が「べつに。知ってるよ、そんなの」と、口を尖らせて男性を見上げた。

「じゃあ、なんでやってんだよ」

　老人はダウンジャケットのポケットに手を突っ込んだまま、車座になっている若者たちを見回している。

「べつにいいじゃんよう！」

　茶色く染めた髪を長く伸ばした女性が、甲高い声を上げた。

「ブルーシートを使っちゃダメってことなんでしょう？　だから私たち、使ってないじゃん！　見て分かんないの、これ、チェック柄だから」

　ほかの若者たちが甲高い声で「うひゃひゃ」と笑う。大げさに手を叩いて笑い興じるものもいた。確かに、彼らが敷いているのは赤白のチェック柄のピクニックシートだ。それにしても、何というご飯論法。一体、誰の真似をしてこんな屁理屈をこねるのか。これには老人も呆《あき》れ果てたといった様子で、さすがに口を噤《つぐ》んでしまっていた。傍を通りかかっただけなのに、こちらも絶望的な気分になる。桜など愛《め》でられるような状態ではない。散歩になんか来なければよかった。

それにしても、この人出だ。やはり桜の季節が終わるまで、もうここに来るのはやめよう。とてもではないが、のんびりと眺めて楽しむような気分にはなれないし、いくら屋外でも、この人の多さには少なからず危険を感じる。どうにかこうにか人の群れから離れて、家に向かってとぼとぼと歩いた。実に不愉快なものを見てしまった、その気分が拭いきれない。やがてコンビニエンスストアの近くまで来たとき、ふと買いたい物があることを思い出した。おそらくコンビニで用が足りるはずだと考えて、立ち寄ることにした。ところが、店の前まで行ったところで、出入口を塞ぐような格好で、仁王立ちになっている女性がいる。これには一瞬、足が止まりそうになった。

顔の下半分はマスクに覆われているが、長い髪が半分以上白いことと薄い眉、そして全体の雰囲気から、五、六十代と思われた。小柄で、ずい分と太っている。どうしてこんな所に立っているのだろうかと不思議に思ったとき、一瞬、目が合った。すると、女性ははっきりとこちらを睨んでくる。マスクの上から出ている目線だけでも、その人がずい分と怒っているらしいことが感じられた。こちらもマスクをしたままで、思わず身構える気持ちになり、その瞳を見つめ返した。すると女性はすっと視線を逸らして、同時に身体を横に動かす。さらに、つん、とそっぽを向くような仕草まで見せた。こちらは怒られる筋合いもないから、何か違和感を抱きながらも、そのまま店に入ることにした。

出入口に一番近く、以前はマスクなどを売っていたコーナーには、相変わらずカップ麺ばかりが並んでいた。トイレットペーパーも見当たらない。アルコール除菌剤もなければハンドソープも売られていなかった。もうずっと、この有様だ。一体いつまでこんな状態が続くのだろうかと考えながら、そう広くない店内をゆっくりと一巡して、とりあえず欲しいものをバスケットに入れ、レジを待つ人の列についた。二カ所あるレジの一つでは高齢の客が小銭を一つずつ数えていて、もう一つのレジではスウェット姿の中年男性が何枚もの支払い用紙を出して、溜まっていたらしい支払いを済まそうとしている。この分では少しばかり時間がかかりそうだった。

それでも、店に入ってから支払いを済ませるまでに十分とはかからなかったと思う。東南アジア系のレジ係の女性から「ありがとうございました」と言われ、買い物袋を提げて外に出たとき、いきなり警察官の制服が視界に飛び込んできた。見ると、さっきは仁王立ちになってこちらを睨みつけていた例の女性が、今度は警察官と向き合っている。

「そんなの納得出来るわけないじゃない！」

キンキンとよく響く声を張り上げて、小柄な女性は警察官に詰め寄っていた。警察官の方もマスクをしているから、雰囲気からしか分からないが、どうやら若い様子だ。辺りを見回しても、パトカーはおろかバイクも自転車も見当たらない。そういえば少し先に交番がある。そこから歩いてきたのだろうか。

「だから、落ち着いて下さいってば。こういう問題はね、向こうの言い分も聞かないと、決めつけることなんか出来ません」

「何の言い分があるっていうのよっ。私はねえ、この店のヤツが隠してるって言ってるのよ！」

小柄な女性は仁王立ちのまま、その丸っこい身体で今にも警察官に体当たりしそうな勢いだ。

「考えすぎです。今は本当に不足してるんですって。テレビでも毎日、やってるじゃないですか」

「それは、持ってるヤツが隠してるからじゃないのよっ」

「だからって、ここの店の人が隠してるっていう話にはならないですよ」

「どうして分かるのよ。私はねえ、態度で分かったの！　お宅ら、警察でしょう？　だったらちゃんと調べてよ、ほら！　警察が取り締まらないからいけないんじゃないっ」

「そんなの、自分が勝手に決められることじゃないんですよ！」

警察官の口調もだんだん激しさを増しているようだ。そこまで聞いただけでも、どうやらその女性がマスクか除菌剤かを探し求めていたらしいことが想像出来た。よほど腹に据えかねているか、または切迫した状況なのかも知れない。その苛立ちが、ついに警察官にまで向けられるまでになったのだろう。

二人の横を素通りして、少し先の交差点で信号を待つ。桜は咲いたけれど、吹く風はまだまだ冷たかった。青信号に変わりしな、そっと振り返ると、風の吹き抜けるコンビニの駐車場で、マスクをした二人は、まだ激しくやり合っている様子だった。

×月×日

緊急事態宣言が出されてからは、主に住宅街を散歩することにした。公園や川沿いの散歩道は一時期よりは人が減ったものの、意外なほどランナーが多い上に、彼らの大半はマスクをしていない。

結局、普通の住宅が建ち並ぶ界隈を歩くのが、もっとも人とすれ違う数が少なく、間合いを計れる。ランナーも、家族連れで固まって歩いている人たちも、圧倒的に数が少ない。ぶらぶらと歩きながら家々の佇《たたず》まいを眺めるのも興味深いものがあるし、それぞれの庭先で咲く花々が、確実に季節が巡っていることを感じさせてくれるのも楽しいものだ。歩く度に曲がる場所を変えてみたり、進む方向を変えている。

そのうちに、気づくようになった。

静かな佇まいの住宅街に、突如として煙草の臭いを感じることが増えてきたのだ。「こんなところで」と見回すと、缶酎ハイを片手に歩き煙草をしている人がいる。狭い道にぼうっと立ち尽くして煙草を吸う中高年男性がいる。おそらくリモートワークになって外出も出来ず、自宅でも家族から禁煙を言い渡されたりしているのだろう。そういう人が、外に出て煙草を吸っている。道行く人のほとんどいない静かな道で、突如その臭いを感じるのは異様なものだ。

「ちょっとぉ、ここに自転車駐めないでって言ってんだろうっ」

男性の激しい声が響いてきたことがある。そのまま歩いていくと一軒の家にさしかかった。カーポートに白いＳＵＶタイプの車が駐められていて、その前に、子ども用の自転車が置いてあった。

「しょうがないじゃんっ！」

家の中から少年の声が聞こえた。

「どかせっ！」

我が子がただ自転車を駐めているだけのことに、ここまで声を荒らげる必要があるのだろうかと思いながら、その家の前を通り過ぎた。辺りを一巡して、再びその家の前を通りかかったとき、例の車のボンネットの上に少年が二人、寝転がっていた。大きな車のボンネットは小学校低学年くらいの子どもが寝そべるのにちょうどいいスペースなのだろう。しかも初夏を思わせる陽がさんさんと降り注いでいて、いかにも気持ちが良さそうだ。少年らはピカピカの車の上で膝を立て、スニーカーの底でボンネットを軽く蹴ったりしていた。それはまずいんじゃないかなと思っていたら案の定、「おまえらっ！」という声が聞こえてきて、玄関から父親らしい男性が飛び出してきた。

「何やってんだっ！　馬鹿野郎っ！」

子どもらはわざとというようにボンネットの上に立ち上がり、一人はぴょん、と地面に飛び降りたが、もう一人は車体の屋根の上にまでよじ上っていった。そこで何度かジャンプしている。

「ああ、もうっ！」

町は全体に静かだ。だから余計に、家々から聞こえてくる会話などが耳に入ってくる。一家で庭先に出て、買ってきたばかりらしい花々を植えている家があった。一方、テラスに出て、缶ビールを呑みながら楽しげに喋っている夫婦がいた。そうかと思えば、少年を怒鳴りつける父親の声が響く。この長い期間を、それぞれがどう過ごすかによって、この先の家族の形も変わっていくのかも知れない。

雨が降らない限り、散歩は続けている。一軒の空き家の庭先に池があって、最初に見つけたときには無数のオタマジャクシが蠢《うごめ》いていた。あまりの多さに驚いたものだが、だんだん大きくなって脚が生え、やがてカエルになるまで見届けたいと思っていた。

ところがゴールデンウィークの初め頃に見てみると、オタマジャクシの数が明らかに減っている。ほんの数日の間にカエルになるとは思えないから目を凝らしてみると、池の底に何匹ものアメリカザリガニがいた。それも生まれたばかりらしく、まだ小さくて白っぽい。動きは意外なほど俊敏なようだ。

残されたオタマジャクシが心配だなと思っていたら、それから数日の間に、すべて姿を消してしまっていた。そして、瞬く間に大きく成長したアメリカザリガニとメダカだけの池になった。

散歩の楽しみが一つ減った。それなら歩くルートを変えてみようと、今度は違う道を選ぶことにした。すると、その辺りでは庭先に粗大ゴミを積み上げている家が目立つことに気がついた。自宅にいる時間が長くなって、家の片づけでもしようということになったのだろうか。いくつものゴミ袋を積み上げている家もある。

なるほど。

ずっと家にいる間に、みんな色々なことを考えるのだなと思いながら歩いていたら、ちょうど差し掛かった家の玄関のドアが乱暴に開かれた。その音に、思わず振り返ると、家の中から額縁が投げ出されてきた。一つ。二つ。乱暴に放り投げられて、門扉にまでぶつかった。つい足が止まった。

「やめてってば！」

女性の金切り声が響いた。

カラーボックスが投げ出されてきた。小さな椅子。木箱。小引き出しのようなものは、投げ出されたはずみに中身が飛び散った。化粧品のようだ。スツール。そして、ノートパソコンまで。一体何事が起きたのかと思っていたら、今度は女性が飛び出してきた。

「もう——勝手にして」

四十歳前後だろうか、長い髪を後ろで一つに結わえて、カジュアルなニットにジーパン姿の、ごく普通の女性に見えた。彼女は道端から他人が見ていることにも気づかない様子で、くたびれ果てたというように額に手を当て、玄関の脇に立ち尽くしている。その間にも、玄関の奥からは、次々に物が放り出されてきた。小物類。衣類。また額縁。玄関と門扉の間に、あっという間にゴミにしか見えないような物の山が出来ていく。それらのものを放り投げている人物の姿が見えないだけに、薄暗い玄関の奥が不気味に思える。

ついに、ドレッサーに据え付けられているような大きな鏡が放り投げられてきた。激しい音がして、鏡が割れて飛び散った。女性が両手で顔を覆った。

これは、ドメスティックバイオレンスと言っていいのではないか。場合によっては通報すべきレベルなのではないかと、気が気ではなくなった。それは自分の役割だろうか。だがその前に、まず女性に声をかけてみようかと、頭の中を様々な思いが駆け巡る。そのとき女性が顔から両手を離して、「ちょっとおっ！」と叫びながら家の中に飛び込んでいった。

玄関のドアは開いたままだ。

だが、それきり物音は何ひとつ聞こえてこなかった。不気味なほどの静けさと、生活を彩っていた様々なものが飛び散っている光景だけが残った。

翌日も、その家の前を通った。あれほど乱暴に放り出され、散乱していた物はすべて片づけられ、家は何事もなかったかのように静かだった。昨日目にした光景は幻だったのかと思うほどだったが、よく見ると小さな鏡の破片がいくつか落ちている。果たしてあの家の中で何が起こり、そしてどんな決着がついたのか、今、家族は平和を取り戻したのだろうかと考えながら散歩を続けた。

「やっぱりアウトドア派は、厳しいのよ」

女性の話し声が聞こえてきた。

「うちの主人なんかアウトドア派だから、どうしてもじっとしていられないわけよ。ゴルフでしょう？　釣りでしょう？　それが出来ないからイライラしてるの。その点、お宅のご主人はいいわねえ」

どこで話しているのかと思ったら、少し先の家で、家の塀越しに二人の主婦がやり取りしているのだった。

「あら、そうですか？」

「だって、おっしゃってたでしょう？　ゲームさえしていれば機嫌がいいって」

「あら、そんなこと言ってませんよ」

「そうでした？」

「ゲームは好きですけれど、一週間も十日もぶっ続けでやっていられるほど好きっていうわけじゃないですもの。身体にだってよくないし」

二人の主婦はどう見ても六十代か七十代といったところだ。すると夫も似たような世代だと思う。そんな男性が日がな一日ゲームをするという光景も想像しづらいものがあると思ったら、ゲーム好きの夫は、最近は料理に目覚めたのだ、とその主婦は言った。

「いいですよ。色んなものを作ってくれるようになって」

「あら、羨《うらや》ましい。それ、いいわねえ。うちもすすめてみようかしら」

いつの間にかバラの花が咲く季節になっている。

×月×日

町から明るい笑い声が消え失せて、ずい分時間が過ぎてしまった。国の緊急事態宣言は解除されたものの、新型コロナ禍は未だに続いており、人々は不安を抱えながらも、経済のため、わずかな息抜きのために、そろり、そろりと日常に足を踏み出している。

いつの間にか季節は進んで、気温も湿度も高くなり、熱中症の心配をしなければならないようになって、それでも感染拡大防止のためにマスクは欠かせない。マスクをしていると声もくぐもりがちになるし、人は自然と言葉少なになるようだ。そんな状態では、人々は朗らかに声を上げて笑うことも減って、たとえば思い切って飲食店に入ってみても、ひっそりと過ごすようになった。

散歩するコースを少しずつ変えながら過ごすうち、ちょっとした緑地公園のようになっている場所を見つけた。さほど広くはないが、小さな噴水があり、石のオブジェなども配されている。花壇があり、大きく伸びた木々が高々と枝を広げていて、あちらこちらに心地好い木陰を作っている。ベンチも配されているし、子ども用の遊具も少しある。そして、大きく育った数本の木に囲まれている、いちばんいい場所に、正方形のテーブルとベンチが置かれていた。

何度か通りかかるうち、そのテーブルには、いつでも数人の老人が集まっていることに気がついた。少ないときは二人、多いときには四、五人の、いずれも七、八十代とおぼしき老人たちが、誰一人としてマスクもせず、テーブルの上に思い思いの飲み物を置いて、しきりと何か喋りあったり、あるいは将棋をさしたりして過ごしている。

そこを通りかかるときだけ、ときどき彼らの笑い声を聞く。将棋をさしながら、互いを見合い、誰かが口を挟んでは笑っている。それは若者の弾けるような笑い声とも、女性たちの賑やかな笑いともまったく違っているけれど、多少なりとも和やかさらしきものを感じさせるものだった。だが、はっきり言って、老人たちの作っている空間は、野外とは言っても相当に密な状態だ。何しろ額をつき合わせて将棋盤に向かい、テーブルに肘を突いて身を乗り出しては何か喋っているのだ。だが彼らは「コロナなんか関係ない」と言わんばかりに、仲間と過ごすひとときを楽しみ、野外の空気を思う存分に味わっている様子だった。リタイア後に孤独に苛《さいな》まれる男性高齢者は少なくないと聞くが、こうして年から年中みんなで集まれる仲間がいるというのは、いいものなのだろうななどと、見かける度に漠然と考えた。

ある晴れた日、例によってその緑地公園を通りかかった。すると、いつも老人たちがたまり場にしているテーブルの上に、一人の女性が寝そべっていた。正方形のテーブルに、対角線状に膝をたてて脚を組み、サングラスをしている彼女は、長い髪をテーブルの上に散らしている。そして服装はと言えば、これが紫色の、驚くほど小さなビキニの水着だった。遠出の出来ない今、彼女はまるでどこかの浜辺にいるような格好で、せめて日焼けした肌だけでも作りたいと考えたのかも知れない。

幼い子どもたちが水鉄砲で遊び合ったり、この頃流行っているらしいキャスターボードの練習をしたり、老夫婦が散歩をしている住宅地の中の一角だ。そんな場所の、しかもテーブルの上に寝そべっている紫のビキニの女性は、どう見ても明らかに異質だった。

そういえば、と思って辺りを見回すと、テーブルから少し離れたベンチに、いつでもテーブルを独占してきた老人たちと思われる一団が所在なげに並んで腰掛けていた。相変わらず誰一人マスクもせず、手に手に飲み物を持って、それぞれに野球帽やバケットハットを被った老人たちは、かなり刺激的な格好の若い女性をぼんやりと眺めていた。

そういう日もあるんだろう。

ここは公共の公園で、あのテーブルは何も老人たち専用のものではない。行儀が悪かろうと、その場にそぐわない格好をしていようと、女性は罪を犯しているというわけではない。それに彼女の方だって、一度くらいはあのテーブルを使ってみたいと思っていたのかも知れない。

そんなことを考えていたとき、一人の小柄な老人が、ひょこひょこと身体を揺らすような歩き方で、ベンチの老人たちに歩み寄っていった。片方の足が大きく歪曲していて、かなりくたびれたズボンを穿いている。老人は、ベンチに一列になっている老人たちの方に歩み寄ると「よう」と、存外はっきりとした声で話しかけた。

「何だよ、今日はまた、自分らだけで楽しくやってんじゃねえのかい」

誰もがくすんだ色のポロシャツを着て、似たような雰囲気だから大して見分けがつかないが、とにかく老人たちは誰もが面白くもなさそうな顔つきで、歩み寄っていった老人の方をまともに見返す様子もなかった。

「よう？　何だっていうんだよう。あんたらいつだって、自分たちだけであそこの——」

そこまで言いかけて、歩み寄っていった老人はいつものテーブルの方を振り返るなり、「あっ」と声を上げた。

「こりゃまた、すげえな。ド迫力」

それでも老人たちは反応を示さない。

「また、えらいカッコしたお姉ちゃんに、占領されちゃったもんだな」

老人がいがらっぽい声で笑った。すると、それまで黙っていた老人の一人が「うるせえんだよ」と、初めて声を上げた。

「話しかけてくんじゃねえ、コロナ」

「なんだとっ。い、今、何つった！」

その場の雰囲気が妙にざわついた。少し離れたテーブルの上で寝そべっているビキニ姿の女性だけが、まるで異次元の存在のように見える。

「よう、言ってみろよ。誰がコロナだっていうんだよっ」

「俺たちと話したいんなら、マスクくらいして来いよ」

別の老人が、まるで蠅《はえ》でも払うように顔の前で手を振った。

「それぐれえのマナーも、ねえのかよ」

ベンチに腰掛けたままの老人たちだって、誰一人としてマスクなどしていないのだ。相手のことを言えた義理ではない。こんな老人の世界にも、いじめのようなものが存在するのだろうか。

「そんなに言うんならな、こうしてやるっ」

小柄な老人が、ふいに、ベンチに向かってわざとらしい咳《せき》をし始めた。痰《たん》が絡んだような、嫌な咳が何度か響いた。老人たちが慌てたように顔を背けながら、のろのろとベンチから立ち上がる。

「おめえ、本当にうつったら、どうしてくれるんだっ！」

何だ、畜生、と小柄な老人はまた吐き捨てるように言った。

「嫁が病院勤めっていうだけじゃねえかっ。それを、何だってコロナコロナって、呼びやがるっ！　そんな奴ら、さっさとコロナになってくたばりやがれっ！」

遠巻きにしていた若い母親たちまでが、マスクをしたまま、恐怖に引きつった様子で幼い子の手を引いたりしている。さすがに騒ぎに気がついたのか、ビキニの女性がテーブルの上で起き上がった。何事が起きたのかと老人たちの方を振り返っている。すると小柄な老人は「お姉ちゃん」と、今度は彼女の方にひょこひょこと歩いていった。

「そこのテーブルはよ、気をつけた方がいいんだよ。あそこにいる爺さんたちがさ、いつもたまり場にしてるんだ。マスクもしねえで、唾とか吐きながら、煙草もばんばん吸ってな。コロナがびっしりついてるかも知れねえよ」

するとビキニの女性は飛び上がるようにしてテーブルから降り、バスローブのようなものを羽織ってものも言わずに立ち去っていった。木陰のテーブルが、ぽっかりと空いた。

翌日、テーブルの周りにはいつものように老人たちが集まって、二人は将棋をさし、残る二人は煙草を吸いながら、その様子を眺めていた。もちろん、マスクもしていない。もしも昨日の小柄な老人が本当に新型コロナウイルスの陽性患者だとしたら、彼らは既に感染している可能性があり、今この場でも、他の人にうつしている疑いがある。だが、そんなことを気にする素振りはまるでなかった。

改めて眺めてみると、そんな老人たちを、遠巻きに眺めている老人たちが、緑地公園のあちらこちらにいた。ここにも何らかの人間関係があるらしいと初めて気がついた。笑い声の聞こえない緑地公園。時々聞こえるのは、老人たちのしわぶきばかりだった。

×月×日

新型コロナウイルスによる感染拡大はまだまだ続いており、世界規模で終わりは見えない。だが日本では緊急事態宣言が解除されて、人々は感染を警戒しながらも、徐々に元通りの暮らしを取り戻しつつある。中でも、新学期以来ずっと学校に行かれなかった子どもたちにとっては、この数カ月はつらいものだったに違いない。今も分散登校などの工夫がなされているようだが、とにかく久しぶりに学校に行ける嬉しさを、子どもたちは街のいたるところで爆発させている。

ピカピカのランドセルを背負った子どもは雨の日も傘をくるくると回しながら嬉しそうに学校に向かい、制服の少年は自転車をすっ飛ばしていく。下校時ともなれば、中高生らは思い思いに公園に立ち寄ったり、横断歩道を渡ることなくいつまでも手前で立ち止まったままでお喋りしたり、また電車を乗り過ごすくらいに友だちとの会話に夢中になっていたりする。そんな姿を見かけるたびに、あの年頃の子たちに「三密」を守れという要求がいかに難しいことなのかと思う。どうしたって顔を近づけて秘密を共有し、互いの腕に触れて笑い合い、肩にもたれかかって相手のスマホを覗き込んだりしてしまう。そういう関係作りがもっとも必要な年頃なのだ。むしろ、互いの温もりを知らないまま育つ方が、その後の人格形成が心配になる。いくらオンライン技術などが発達しても「ライブ」でなければ伝わらないものが、絶対にある。

蒸し暑くなったある日、街の街路樹の傍に制服の女子中学生が五、六人でたまっていた。揃ってマスクをしているが、それでも彼女たちの表情が明るいことは、すぐに分かった。マスクの上からのぞく瞳はきらきらと輝いて、何より彼女たちはマスクを外せない不自由さなどものともせずに、いかにも楽しげに身体を揺らし、笑い声を上げていた。

「だけどさ、すごく思ったのはね、こういうとき、妹か弟がいたらなって」

ふいに少女の一人が言った。お揃いのようにポニーテールにした少女たちの中から「それ、分かる！」「私も思った！」と声が上がった。

「一人で家にいるの、もう、嫌だもん」

「そうそう。妹弟がいれば、話し相手にも遊び相手にもなるもんねぇ」

すると一人の少女が「でも」と首を傾げる。

「うちは、お兄ちゃんだから、話し相手にも遊び相手にもならないよ」

少女たちはきゃっきゃと声を上げて笑い、その兄はもう高校生なのだから仕方がないというようなことを言い合った。

「小っちゃい子がいいんだよ。色々と手がかかるような」

「そう、こっちが世話を焼くようなね」

「うちは、ネコを飼い始めたよ」

「ネコもいいんだけどさあ、やっぱり妹か弟！」

少女たちの多くが独りっ子らしい。自粛期間中、ずっと家にこもっていなければならなかった彼女たちは、それぞれに退屈と心細さ、孤独といったものを味わったのかも知れない。

「そのことさあ、お母さんに言ってみようかとも思ったんだよね」

すると、少女たちがまたわっと声を上げる。

「今から？」

「間に合う？」

「大丈夫だと思うんだ。うちのお母さん、まだ四十ちょいだから」

ふうん、と大きく頷き合う少女たちの中から「でもさ」と言う子が現れた。

「アレって、めっちゃ『濃厚接触』なんじゃない？　ヤバくない？」

少女たちはまたもや声を上げ、手を叩きながら「ヤバいヤバい」などと繰り返している。

「あー、ウチなんか、ダメだな。パパもママも、家の中でもソーシャルディスタンスだもん」

「うちも。て、いうかさ、ここんとこ、めっちゃ仲悪くなっちゃって。パパがずーっと家にいるもんだから」

「邪魔なんでしょ、うちも」

「うちのお母さんは、『私が仕事に行ってる間に、少しは家のことをやってくれてるかと思ったら』とか文句言うんだよね。そうするとお父さんが『何、言ってるんだ、家でも仕事してるんだ』って怒っちゃって」

「うちは、お父さんが書斎持ってないから、リビングで仕事するんだよね。それで、こっちはテレビも見れないし、ちょっと歩きまわっても、『静かにしろ』とか言われるんだ。超ウザいの」

私立の学校の制服を着ている少女たちは、いずれも一定以上には恵まれた環境にいる子たちのはずだった。それでも家庭的には色々な問題が起きているらしいことが分かる。

「ああ、でも、妹か弟が欲しい！」

「じゃあ、言ってみれば？『濃厚接触して』って」

すぐ傍にあったタピオカミルクティーの店は、この数カ月の間に閉店していた。もしかすると少女たちは、あそこのタピオカミルクティーを目当てにこの辺りまで来たのかも知れない。それでも彼女たちはその場にたむろして、飽きることなくお喋りを続けていた。

こちらは用が済めば人混みを避けてまた歩き始める。背広にネクタイ姿の男性が減ったせいだろうか、逆に、ちょっと異様な風体の人物を見かけるようになった。上半身は白いワイシャツなのに、明らかにパジャマのズボンを穿いたままでコンビニまで来ている男性がいた。理髪店に行かなかったのだろうか、伸び放題になった髪をまったく手入れもせず、スーパーのカゴをそのまま持って歩いている男性を見た。そうかと思えば、真っ赤なギターケースを肩からかけて、アニメ柄のソックスを穿き、ハーフパンツで颯爽と歩いて行く団塊世代の男性もいる。見るからに、リタイア後の趣味の世界を思い切り楽しんでいるらしい。

人混みを避けて生活道路に入ると、道路の反対側を、ほぼ同じペースで歩いている女性がいた。洗って繰り返し使えるタイプのグレーのマスクをつけて、彼女は肩から大きめの鞄をかけていた。

「だからね」

彼女が、はっきりと聞こえる声で言った。

「もめたくはないのよ」

何気なく見ると、どうやらイヤホンをしている。独り言ではないのだなと、そちらに安心した。

「会わない方がいいって」

女性の口調は落ち着いていて、穏やかというほどではなかったが、だからといって感情を高ぶらせているという様子でもない。夕暮れ時にはまだ早い時刻で、道路は人通りが少なく、その分だけ彼女の声がよく聞こえた。

「私はねえ、○○くんの幸せを願ってるんだよ。本当に、幸せになって欲しいと心の底から思ってる。だけど、その相手は私じゃないっていうことだよね」

そこまで聞けば誰だって、別れ話だと気がつくだろう。改めて女性の方を見る。二十代後半か、三十代になっているだろうか。髪は肩まで届かないほどの短さで、染めてもいなければパーマっ気もない。颯爽と歩く度に、その髪の先が跳ねた。グレーのジャケットにパンツ姿で、靴は踵の低い歩きやすそうなものだ。肩からかけている大きな鞄といい、いかにもバリバリと仕事をしている雰囲気に見えた。

「だから、LINEでも送ったでしょう?」

彼女は苛立った風でもなく、至極淡々と言葉を続けている。明らかに、電話の相手が困惑しているか、または慌てているか、とにかく彼女との関係を断ち切るまいと必死なことだけは想像がついた。

「そうだよ、○○くんの幸せは願ってる。だけどね、私とは合わないって、分かっちゃったんだよね、こうやってしばらく会わないでいるうちに。だってZoom《ズーム》とかやっても、まるっきり盛り上がらないの、○○くんも気がついたでしょう? 第一、私はどれだけ○○くんと会わなくても、全然、平気なんだもん」

言われた方の相手がどんな顔をしているのかと想像してみた。おそらく自粛期間中、会いたいのを懸命に我慢していたのに違いない。それなのに、ようやく普通に行き来が出来るようになったときには、彼女の気持ちは冷めきっていたということだろうか。

「うん、電話もＬＩＮＥも、好きにしていいよ。いいけどさ、電話は出ないし、ＬＩＮＥも見ないから。こっちの気持ちはもう変わらない。とにかく、まあ、幸せになってよ、ね。願ってるよ」

最後に「そんじゃ」と言って、彼女は通話を終えたらしかった。恋人同士の別れの言葉にしては、それはあまりに簡単に聞こえた。

新型コロナウイルスと共に生きる時代、人と人との関係の結び方を、改めて考えていかなければならない時代になったようだ。

×月×日

「この車、煙草臭いですね」

タクシーに乗り込むなり、つい口をついて出た。実はこちらが歩み寄るまで乗り場の先頭につけていた運転手は後続のタクシードライバーと立ち話をしていて、口もとに運ぶ手には間違いなく煙草が見えていたから、大方そんなことだろうと思ったのだ。何なら他のタクシーに乗り換えようかという気で言ったのだが、運転手はまるで悪びれる様子もなく「あ、ホント？」と言った。

「外で吸ってただけなんだけどな。そんじゃあ今、窓を開けるからね。そうすればすぐ、臭いなんか飛んでいくからさ」

言っている間に車を発進させ、同時にすべての窓を全開にする。途端に激しい風が顔に当たり、髪を乱し、ぼうぼうという音が車内に広がった。

「開けすぎ、開けすぎ」

急いで窓を七分ほど閉めたとき、「ごめんごめん」という呑気《のんき》な声が聞こえてきた。とりあえず煙草臭さは消え去った。

「いやあさ、まいっちゃったよ。聞いてもいねえのに、てめえの話ばっかりすんだもんな。それも、酒と女と競馬で失敗した話ばっか」

さっきまで立ち話をしていたタクシードライバーのことらしい。こちらは、その顔さえ覚えていないし、興味もなかったから、とりあえず行き先までの道順について簡単に説明を始めた。最近のタクシーは行き先を告げると「ご希望の道順は」と聞いてくる運転手が大半だが、その人は何も言わずにさっさと走り出していたからだ。

「それでもいいんだけどさ」

こちらが説明し終えたところで、運転手は首を傾げている。それにしても、ゴンゴンとよく揺れるタクシーだった。思わず東日本大震災の夜、仙台から戻ってきたときに乗ったタクシーを思い出したほどだ。あの時は絶えず起こる余震のために、暗闇の中を進むタクシーは何分かごとに弾むように揺れた。だが今、地震は起きていない。どうしてこんなに揺れるのだろうかと心配になる。

「俺さ、地元なんだよ、この辺の。それと、渋滞が嫌いなのさ。だからね、悪いこと言わないから、俺の選んだ道で行こうよ。その方が絶対に早くて安いからさ」

確かに夕方に差し掛かって、幹線道路は渋滞し始める頃だった。「本当？」と確かめると運転手は「本当、本当」と頷いている。こうなったら彼に任せるより他なかった。

「店が増えたよなあ、この辺り。昔は畑ばっかしだったんだよ」

まったく未知の界隈というわけでもない。「そういえば、そうですね」と相づちを打つと、運転手も頷いている。

「この辺り一帯は〇〇って家の土地だったんだけどね、今の親父の代にどんどん売っ払ってってたんだ」

「〇〇さんって、地主さん？」

「まあ、百姓だよね。年がら年中、親戚同士で争いが絶えなくてさ、裁判とかもやってるのね。もう、しょっちゅう。それで金が必要になるたんび、土地を売ってってたんだ」

へえ。そんなことがあるのかと、次々に視界に飛び込んでくる量販店やホームセンターを眺めているうちに、運転手は「今、俺の実家の前を通り過ぎた」と言った。

「実家っていっても、今は兄貴の一家が住んでるだけだからさ」

だから、かれこれ十年は帰っていないという。

「うちは、親父とおふくろが必死で働いて、やっと建てた小さな家だけが財産だったんだよ。ガキの頃は学校に地主の家の子がいたもんだから、『生まれつきで、どうしてこんなに違うのか』なんて思ったもんだけどね」

やがてタクシーは幹線道路からそれて細い道を走り始めた。すると今度は、その辺り一帯の地主だという△△家の説明も始まった。

「オカシイ奴らしか出てこないんだよ。アタマが変なんだ」

「△△家の人たちが？」

「そうだよ。連中はね、赤の他人に自分らの財産を分け与えたくないって思うわけ。だから親戚同士とかで結婚を繰り返しちゃうの。そうすっと、要するに血が濃くなっちゃうでしょ。そんで、ヘンテコリンなヤツが結構な割合で出てくるんだよ」

こちらはいちいち感心して「へえ」を繰り返すばかりだ。車窓から見える立派な家々の表札は、なるほど同じ名字が続いている。

「そうまでして守りたいと思ってるわりに、アタマがヘンテコなもんだから、コロッと騙《だま》されちゃうんだよな。それで大損こいてんだよ。この一家も」

豪農や地主と言われる一族のことなど考えたこともなかったのに、運転手はそれからも「あの駅前の大きなビルは」とか、「あそこに建ってるマンションは」などと例をあげながら、その地域一帯の持つ歴史について、次から次へと語り始めた。都心から外れて、かつては農地ばかりが広がっていた界隈には、今では想像もつかないような禍々《まがまが》しい、またはおぞましい一族の歴史がいくつも積み重なっているらしい。

「あそこ、本当はさあ、結構広い梅林だったんだよ。梅の花が咲く頃になると、本当にいい匂いがして、それだけで近所の人たちは、その地主に感謝したくらいなの。それを、コロッと騙されてさ、横取りされたんだ。まんまと」

「横取り？　売ったんじゃなくて？」

「騙されたんだよ。悪い奴は大概、頭がいいからね。大手の企業とか、色んなもんが入ってきて、結局はただ同然で持ってかれちゃったんだ。だけどバカだから、ケロッとしてやがんの。それでまた騙されんだ」

その梅林のあとに建てられた建物のことなら知っていた。こちらは「いつの間に」という気持ちで見上げたものだが、そういえば何十年か前には梅林だったことを思い出した。ついでに、そこでドラマのロケをしていた場面に出くわしたこともあると話すと、運転手は「知らなかった」と悔しがった。

「あそこでドラマの？　じゃあ、芸能人が来てたの？　誰だれ？　へえ、知らなかったなあ。俺も見たかったなあ」

ずい分以前のことなのに、まるでつい昨日のことのように残念がっている。聞けば、かれこれ四十年、タクシー運転手として自分が生まれ育った町とその周辺地域を、ずっと走り回ってきたのだそうだ。子どもの頃は自転車で走り回り、高校になってからはアルバイトの新聞配達で、スクーターで回っていたという。

「だから、知らないことなんかないと思ってたんだけどなあ」

見知らぬ路地を細かく曲がりながら、運転手は、またも違う地主の名前を口にした。

「ここもやっぱりバカなんだよね。娘が駆け落ちしちゃって、何年かして戻ってきたときにはクスリでアタマおかしくされちゃっててさ。それからヤクザが出入りするようになって、もう、グチャグチャ」

運転手に言わせると、まるでこの地域一帯の地主は誰も彼もが「アタマがオカシイ」ように聞こえてくる。

「実際そうなんだよ。だって、自分で汗水たらして手に入れた財産じゃないんだもん。だから本当のありがたみなんて分かってやしないんだ。お客さんは分かるかなあ、そういう家のヤツらって心の方もヘンなんだよ。人の気持ちなんて、これっぽっちも分かんねえし、何でも金で解決出来ると思ってんのさ」

子どもの頃こそ羨ましいと思ったけれど、今となると自分の方がずっとマシな人生を歩んでいると思っている、と運転手は語った。毎日、色々な客と出会って、会話を楽しんで、小さな楽しみをコツコツと積み重ねてきていると。

「あ、ここ、こんな風になったのか」

信号待ちでタクシーが止まったとき、ふいに運転手が左側を向いた。坂道に差し掛かったところで、左手にはコンクリートブロックで固められた崖が続いていた。

「ここには昔、防空壕がいくつも掘られててさ、ずらっと並んでたんだよ」

「防空壕が？」

「俺がガキの頃には、そこに浮浪者が住み着いてたりしてね」

そのときタクシーの脇を、腰が九十度近くまで曲がった老人が、ゆっくりと通り過ぎていった。ズボンのベルトを一周するくらいにいくつものレジ袋をぶら下げていて、それぞれが大小に膨らんでいる。

「あんなのが、住み着いてたんだよ」

だから、あるとき防空壕の入口をすべてコンクリートで塞いでしまったのだそうだ。

「地主だらけの田舎だったのに、浮浪者なんていたんですか？」

「いたさ。今、行った爺さんもそうだよね、きっと。このコロナできっとまた、ああいうのが増えるよ。俺はこの仕事があって、本当に幸せだと思うよなあ」

信号が青に変わった。タクシーは相変わらずゴンゴンと揺れながら走る。運転手の地主案内はさらに続いた。結局、幹線道路を通るのと、どちらが早くて安かったかと言えば、大差はなかった。

×月×日

病院の玄関口で、まず手指の消毒をする。以前は傍らにマスク姿の女性が立っていて、同時に体温も測定されたのだが、その日は誰もいなかった。

そのままロビーを抜けて受付まで行ったところ、杖をついた老人がカウンターで何やら懸命にかけ合っているところだった。こちらはその後ろに並んで、予め保険証と診察券を用意しながら、何気なく周囲を見回した。

空いてる。

いや、空いているなどというものではなかった。ほとんど人の姿がない。いつも大勢の患者で埋まっているから、長椅子がこんな色をしていたのかと初めて気づかされるくらいだった。だが、そのときは、かえって「よかった」と思った。やはり午後の遅い時間を選んで正解だったと。

「じゃあ、分かった、他に行くよ」

目の前の老人の声が聞こえた。杖をつき、身体を傾けて、憮然とした表情で去っていく。特にそれを気に留めることもなく前に進み、当たり前のように

「再診です」と保険証と診察券を差し出した。すると、白いワイシャツ姿の男性が「えっ」という顔になった。

「何科ですか」

「内科です」

男性はいかにも驚いたように、今日の午後は休診ですがと言った。驚くのはこちらの方だ。個人経営のクリニックでもあるまいし、どこに平日の午後、休診になる救急指定の病院があるものか。だが男性は、小さな紙を出してきて
「ここにある通りなんです」とボールペンで指し示す。

「明日ならやってるんですが、今日とか他の日も、午後、休診の日が多くなったんです」

確かに紙を見ると、午前と午後に分けて各科ごとの担当医師が示されている表が、無残なほどにすかすかだ。内科だけでなく他の科も同様だった。つい
「どうして」と口走っていた。救急病院が、こんな有様ではどうしようもないではないか。

「何ていうか——ここにきて退職されたりとか、よそに移られたりとか、そういう先生が結構いて、ですね。先月から、こういう形になっちゃってるんです

よね」

コロナウイルス感染を警戒して病院に行かなくなった患者が多くなり、どの病院も経営が逼迫《ひっぱく》しつつあるとは聞いていたが、ここまで如実に影響が出ているとは思わなかった。さらに言えば、この病院はコロナウイルス感染者には対応していないものの、救急搬送されてくる患者の中に感染者がいないとも限らない。それを嫌がった医療従事者がいるということも考えられるだろうか。それにしても、熱中症患者が激増した今年の夏、こんな状態でやってこられたのだろうか。

「そんなわけなもんで、すみませんが、今日は――」

なるほど、これでさっきの老人が不満げに去っていった理由が分かった。だがここで文句を言ってどうなるものでもない。おとなしく引き下がるしかなかった。帰宅して、渡された紙をよく読むと、入院患者に対しても完全面会謝絶と書かれている。それが今の病院の現実なのだった。

とにかく混雑は避けたいと思うから、翌日もやはり午後の遅めの時間に再度、病院を訪れた。すると、この日は診察日のはずなのに昨日よりさらに人がいない。その上、受付を済ませようとすると、昨日とは違う人に「えっ」という顔をされた。

「予約とか、されてます?」

「してませんが」

予約していないと診《み》てもらえないのか、まさか、そんな説明は受けていない。こちらが内心で動揺している間に額で体温を測られる。端末をいじっていた女性が、「前回と同じお薬でいいでしょうか」と言った。よかった、薬だけ出してもらえるなら文句はない。

「番号をお呼びするまでお待ちください」

ほとんど人気のない待合室に、ぽつんと腰掛けた。誰も見ていない壁掛けタイプのテレビモニターは無音で文字放送になっている。画面の中だけで人々が音もなく動き回っているのと同様に、こちらの世界も不気味なほど静まりかえっていた。こんなに空いているのだから、すぐに呼んでもらえるはずだと期待したのに、なかなか番号を呼ばれない。そうこうするうち、背後から「〇〇さーん」という声が聞こえてきた。

「番号札がないので、お名前でお呼びしてすみません。〇〇さーん、〇〇さーん」

人気のないロビーに男性の声が響き、すぐに「はいはい」という返事が聞こえてきた。

「今日は保険証をお持ちじゃないっていうことなんでね、一度、実費でお支払いいただくことになるんですよね」

「あのう、こういうことって初めてなんですが、この治療費って、うちでお支払いするものなんでしょうか」

「いや、それは分からないですけど、ここはとりあえず――」

「うちは被害者っていうか、まあ、私は当事者じゃないんで断言は出来ないんですけど、ぶつけられた側なんじゃないかと、思うわけですよね」

「それは、病院では判断できないことなんですよねえ」

「じゃあ、どこに行けばいいかしら。警察？」

「どうかなあ。でも、最初に警察は呼ばなかったんですよね？」

「そうですけど――じゃあね、うち、事故に遭ったときの保険っていうのに入ってるはずなんですよね。なんとか共済とか」

それから始まったやり取りを聞いているうちに、どうやら自転車同士がぶつかった事故だということが分かってきた。今、会計でやり取りをしている女性は、夫か子どもか、とにかく身内が怪我《けが》をしたらしい。だが、こちらは加害者ではなく、あくまでも被害者なのだということを主張したい様子だった。

「だけど、そういう保険って、もしかすると自転車同士っていうのは保障の内容に入ってないかも知れませんよね」

「そうなの？　そうなんですか？」

「いや、分かりませんけど。どうですかね、とりあえずここでお会計をしていただいて、あとから健康保険証を持ってきてもらえば、精算しますし、その後で共済保険とかが適用になるっていうことであれば――」

「そんなに何度も来なきゃならないわけですか？　ここで、どなたか相談に乗っていただける方は、いないの？」

もしも以前のように混雑していたら、これほどまでに丁寧に相手をしてくれただろうかと、ふと思った。いや、病院の人たちは丁寧に接してくれたとしても、待たされている患者から文句が出たかも知れない。

「それじゃあ、どうでしょう、まず市役所に行って、ですね、その、何かの共済保険に入ってるっていうことだったら、まずそこで相談してもらって――」

「え、え？　保険証を持ってくる前に、市役所に行けっていうことですか？」

「ちょっと分けて考えていただいて、ですね、まず、うちの方はうちの方で――」

「でも、怪我の治療は続くわけですよね？」

「あ、もしもご自宅の近くで、掛かりつけのお医者さんとか、行きやすいところがあるんなら、そっちに行っていただいても」

「でも、急に連れていっても、きっとダメでしょうね？」

「それは分かりませんが、必要であればうちから紹介状とかお出しできますし、何だったらレントゲンのデータとかも」

「それ、今すぐ出していただけます？」

「べつに費用がかかりますが」

「え、何の？」

「紹介状は別料金になってるんですよね。でもこれも、後で保険証を持ってきていただければ――」

それにしても自分の番号を呼ばれない。一体どうなっているのかと微かに苛立ちながら、延々と続く背後のやり取りを聞き続けることになった。

「ああ、ごめんなさいね、とても覚えきれないわ。私、混乱しているのかしら」

女性の声は非常に落ち着いて聞こえたし、張りがあって若々しく、さほどの高齢でもない印象だ。それでも彼女は「もう一度、もう一度」と繰り返す。家族の怪我がよほどショックだったのか、それとも、もしかすると人と話をするのが久しぶりなのだろうかなどと、勝手に思いを巡らせる。コロナ禍以降、人と話をする機会は誰もが減っている。そのことでストレスをためている人も多いと聞いた。ここぞとばかりに喋りたい中高年がいても不思議ではない。

「ああ、じゃあ、紙に書きますね。一番目に――」

そこで、やっと番号を呼ばれた。診察室には、よく日焼けしたサーファー風の若い男性医師がいて、こんな人いたかしらと首を傾げている間に、ものの一分ほどで「じゃ、いつものお薬出しときますねー」と言われ、あっという間に診察は終わった。会計の前では自転車事故のやり取りがまだ続いている。おそろしく空いている病院で、それからもまだ待たされる時間が過ぎていった。

×月×日

歩道を歩いていると、車道側からすぐ目の前に、すっと一台の自転車が乗り込んできた。自転車は音がしないから、こういうときが一番怖い。咄嗟《とっさ》に行く手を阻《はば》まれる格好になって、ずい分と乱暴な入り方をする人だなと不快に思っていると、ママチャリタイプの自転車はそのまま目の前の駐輪場前に横付けされた。駐輪場にたくさん並んでいる自転車と同じように並ぶのではなく、列を塞ぐ格好で駐まったのだ。

何なのだ、この人はと、ついムッとして観察してしまった。まさしく今、ママチャリから下りようとしているのは、下手をすると海水パンツなのではないかと思うほど、ぴったりとした派手な柄物の短パンに青いクロックス、上はグレーの半袖姿という出で立ちの男性だった。目をひいたのは、その体格が典型的な洋梨体型というか、小さなママチャリが気の毒に思えるほどの巨体だったことと、黒いヘルメットから見えている顔が、どう見ても五十代後半くらいに見えること、それより何より、彼が背負っているのが、今や見ない日がないほど有名になった、オンライン宅配サービス、ウーバーイーツの配達用バッグだったことだ。

灼熱地獄のようだった暑さもようやくおさまり、辺りには金木犀《きんもくせい》の香りも漂うようになったというのに、男性の姿は、そんな季節の移り変わりとも、その場の雰囲気とも、何もかもと不釣り合いに見えた。

男性はそのまま、私も入ろうとしていたスーパーマーケットにスタスタと足を向ける。急いでいるからあんな自転車の乗り方なのだろうか。ウーバーイーツに詳しくないだけに、何となく不審に思いつつ、こちらもその人の後からスーパーに入っていく形になった。

コロナ禍以降、とにかく圧倒的に増えたと思うのが、男性が一人で買い物に来ている姿だ。以前から夫婦揃って来る人たちは増えてきていて、荷物持ちのためだけか、はたまた運転手としてか、妻の後ろをただついて歩いて、いかにも手持ち無沙汰にしていた中高年の男性も多かったものだが、今は違う。

年齢層に関係なく、男性が一人でスーパーのカゴを持ち、時にはメモやスマホの画面を見ながら、慣れた足取りで店内を歩きまわる。野菜売場ではキャベツをひっくり返して品定めをしたかと思えば、乳製品売場では健康に気をつかうヨーグルト飲料の賞味期限を確認し、一方では普通の主婦なら一瞬ためらいそうなA5ランクの牛肉を、どかどかと買い物カゴに放り込んだりしている。調味料売場で何か迷いながら長く立ち止まっている人も多いようだ。リモートワークのお蔭もあってか、いかにもラフな格好で、それでもマスクだけは忘れず、ごく当たり前のように店内を歩きまわっている。

そんな中でも、洋梨体型にピチピチの短パン姿で、しかもヘルメットを被ったままウーバーイーツのバッグを背負っている男性の姿は、やはり相当に目立っていた。こちらがどの売場を歩いていても、すぐ横を通り過ぎていったかと思えば、また脇の通路から出てきたりして、やたらと忙しく店内を行ったり来たりしているのだ。その度に、大きなバッグが人とぶつかりそうになる。男性の様子からは、彼がこのスーパーに慣れていないらしい感じが読み取れた。

ウーバーイーツはスーパーの買い物代行もしてくれるんだろうか。

それなら一度、試しに頼んでみるのもいいかも知れない。だが、銘柄の決まっている調味料やレトルト食品などの類いならともかく、生鮮食料品となると、買い手の「目利き」がものを言う。その辺りのことはどうなんだろう、いや、もしかすると、飲食店からのデリバリーのついでに、スーパーでの買い物を頼まれただけなのだろうか。それにしても、あんな服装の男性に自分が口にするものを買ってきてもらう気には、正直なところ、なれない気もする。

そんなことを考えつつも、こちらは決して長居はせず、かといって買い忘れもしないようにと意識しながら、店内を歩きまわっていた。普段はあまり買わない白玉粉がなかなか見つからなかったり、以前と商品の陳列場所が変わっていたせいで塩昆布を探すのに苦労したり、野菜売場をとうに通り過ぎた後でショウガを買い忘れたことに気がついて逆戻りしたり、珍しく生の新さんまが並んでいるかと思えば、あまりに小ぶりで貧弱なのを見て淋しくなり、少し迷って買うのを諦めたりしたお蔭で思ったよりは時間がかかったが、それでも、ようやく買い物を終える。

そのスーパーのレジは一列方式をとっていて、銀行のATMのように、客は適当な距離をとりながら食品棚の間に一列に並ぶ。そうして先頭まで進むと幾つかあるレジに振り分けられていくのだが、何人か先に、例のウーバーイーツのバッグが見えた。見ると、片手にスーパーのカゴを提げ、もう片方の手には、トイレットペーパーの十二ロール入りと、ティッシュペーパーの五箱パックまで提げている。

日用品まで。

これにも驚いた。買い物弱者と呼ばれる高齢者が増えている昨今、そこまでやってもらえるなら、ありがたいに決まっている。トイレットペーパーもティッシュも、とにかくかさばる上に意外とずしりとくるのだ。

会計を待つ列は少しずつ進んでいき、前の方に並ぶ客は商品の陳列棚に隠れて見えなくなっていく。こちらは、最後の最後まで近くの棚に並ぶ商品に気を取られていた。店の方でもよく考えている。こうして並んでいる間に、つい買ってみようかなと思うような商品を並べているのだ。本当は必要というわけでもないのに、そんなものをちょこちょことカゴに足しているうちに、ようやくレジまでたどり着く。

「袋は御入り用ですか。有料でおわけすることも出来ますが」

「いえ、結構です」

この店は、支払い方法に関しても、透明のビニールカーテンの向こうにいるレジ係の人とは直接やり取りしないようになっている。支払い金額が決まったら、さらに一歩先に進んで、後はすべて機械任せだ。現金かカードか、またはスマホ決済かという支払い方法を選んで、何回かタッチパネルに触れ、必要ならレシートとはべつに領収書を発行することも出来て、すべて終わる。こういうやり方を、高齢者はスムーズにこなせるものだろうかと、いつも思う。だが、何事にも慣れていかなければ、これからの時代は生き抜いていかれないのかも知れない。人とは関わらず、ひたすら機械に馴染《なじ》んでいかなければ。

支払いが終われば、今度は店の内外に用意されているカウンターに向かって、そこで持参してきたバッグに買った品物を詰めるのだが、そこでまたウーバーイーツの男性を見かけた。例の四角いバッグをカウンターの上に置いて、買った品物をどんどんと詰め込んでいる。バッグの構造がどうなっているのか知らないが、男性は、精肉らしいトレイでも野菜でも乾物でも、とにかく手当たり次第に詰め込むつもりらしかった。相当な量の買い物をしたらしく、最後の方では長ネギが不自然に折れ曲がる感じで押し込まれていた。

それでも最後に、トイレットペーパーとティッシュが残る。そればかりは大きさ的にも、バッグに収まりそうになかった。男性は勢いをつけてバッグを背負いこむと、両手にトイレットペーパーなどをぶら下げて、大きな身体を揺すりながら店から出て行った。ガラス越しに眺めていると、彼が駐めた自転車の位置が、誰かによって変えられていたらしい。あんな駐め方をしていれば当たり前だと、こちらとしてはそう思わずにいられなかったが、とにかく男性はヘルメットを被ったままで、あからさまに不愉快そうな顔になり、しばらく辺りをキョロキョロとした後、ようやく自分のママチャリを見つけたらしかった。そのまま自転車を引きずり出して、歩道の方まで移動させる。その頃には、こちらも自分の買ったものを袋に詰め終えて、店を出るところだった。最後に、店の出入口に用意されている消毒液で、手を消毒する。神経質と言われようと、店に入るときと出るときの両方に消毒を欠かさないのが、ここ最近の私の流儀なのだ。

ウーバーイーツの男性は、歩道でママチャリに跨《またが》っていた。自転車の前カゴにティッシュペーパーを入れ、トイレットペーパーの方は、ハンドルにかけるつもりらしい。その格好で、彼はスマホを取り出していた。

「もしもし？　ああ、ええ。一応、買いましたけどね、全部。それで、どこまで行けばいいですかね。住所をもう一度——」

口調からすると、やはり客なのだろうか。このウーバーイーツは、果たしてどういうシステムで動いているのだろうかと最後まで不思議に思いながら、身体を揺すりながらペダルを漕いでいく男性の後ろ姿を見送った。

アマゾンなどで、あのバッグが誰でも買えると知ったのは、その後のことだ。年齢からしても、服装などからも、あの男性は本物のウーバーイーツというよりは、何らかの理由があって、独自に生きる道を探している人だったのかも知れない。

×月×日

ビルの上階にあるその書店は、いつ行っても空いている。

売り場は広くて品揃えは豊富だし、ところどころに椅子が用意されていて、ゆったりと過ごしやすいのに、人が集まっているのは雑誌と新刊本のコーナーくらいのもので、あとは心配になるほど客の姿がない。

その日も、ほとんど人気のない書架の間をゆっくりと本を物色しながら歩いていた。すると、いきなり目の前に一人の女性が飛び出してきた。白髪混じりの髪を後ろで一つにまとめて、度の強そうな黒縁の眼鏡をかけている。必死の表情で、一瞬こちらに駆け寄ってくるように見えたから、ついたじろぎそうになったが、女性はスマホを耳にあて、「ですからね」と言いながら慌てたように横を走り抜けていく。何も自分に向かってきたのではないのだとホッとしていると、少ししてまたバタバタと戻ってきた。

「でも、それっておかしくないですか。息子は、契約の時にはそんな話は出ていないって言ってるんです。復元っていったって、部屋を改造したわけでも何でもないですし」

女性の声は決して大きくなく、また、口調も荒々しいものではない。ただ、あまりにも周囲が静かだったから、嫌でも耳に届いた。

「ですから、それ以上、そういう要求をされるんでしたら、こちらも弁護士さんに御相談すると言ってるんです。だって、敷金も戻ってこない上に、その五十二万？　そんな額を払わなきゃ出られないって、どう考えても変じゃないですか」

それからも女性はまだ話を続けていた。パラパラとページを繰っていた本から、ふと視線を上げると、いつの間にか女性の隣にひょろりとした長身の男性が立っていた。女性が電話で話しているのを聞いているらしい。そして電話が終わると、今度は二人であれこれと話を始めた。コロナの時代だから誰もがマスクをしているし、その男性は特に、バンダナで覆面をするような格好をしていた。そのせいもあって、余計に声がくぐもっている。ただ、女性が何か話すたびに「何でだ」とか「だったら」とか、そんなことを繰り返しているらしかった。

どちらも六十代の後半から七十代くらいに見えた。二人は書架に寄り添うような格好であれこれと話し合っていたが、やがて女性の方がまたどこかに電話をし始めた。

「何ていうか、こっちを年寄りだと思って馬鹿にしてるっていうか、そういう感じがしてしょうがないんですよね」

女性は懸命にかき口説いている。

要するに彼女の息子が、自分が借りているアパートかマンションかの賃貸契約のことで何らかのトラブルに巻き込まれているらしい。息子は契約を解除したいのだが、管理会社だか不動産会社だかが、それについて色々と条件を出してきて、簡単に契約解除が出来ない状況のようだと分かってきた。

チラチラと見ている限り、女性の横に立つバンダナマスクの男性は、スマホを片手に必死に語り続けている女性の横に立って、ただ「もっと」とか「具体的に言わないと」などと言うばかりだ。もしも二人が夫婦なのだとすれば、トラブルに見舞われているのは自分の息子でもあるのだから、彼の方が電話をしてもいいのではないかと、何となく違和感を抱いた。

「そう、そうなんです。馬鹿にしてるんですよ。年寄りだからか、女だからか分かりませんけど、もう、木で鼻をくくるような言い方で――そう、声の感じだと若い人です」

女性は懸命に話し続けている。

「じゃあ、じゃあ、今すぐ、こちらから電話し直して、『弁護士さんがこう言ってるから』って伝えても構いませんか？　そうしたら、あとは弁護士さんにお任せしても大丈夫なんですか？　それはそれで――ああ、はい――また改めないといけないんですか」

弁護士まで介さなければならないところまで来ているとすると、かなり複雑な問題になってしまっているのかも知れない。

それにしても。

自分が借りている部屋についてのトラブルで親に泣きつかなければならないということは、その息子はまだ学生なのだろうか。部屋を借りるときにも親に頼んで色々とやってもらったのだろうか。

だとしたら、親が出てきても仕方のないことだが、もしも息子が既に社会人なのだとしたら、これもまた厄介な話だという気がした。大して興味の持てそうもない本に手を伸ばしてはページをめくりながら想像を巡らしていたら、またもや「もしもし」という女性の声が聞こえてきた。

「先ほどは、ちょっとこっちも慌てちゃったものですから、感情的になっちゃったと思うんですけど。そこは、あの、謝ります。それで今ですね、弁護士さんにもお電話したんですが、そうしたらですね、やはり話を聞いている限り、お宅様の言うことの方が何か変なんじゃないかって」

それからしばらくは館内放送が流れたり近くを珍しく他の客が通ったりして、女性の声は聞き取れなかった。もとの静寂が戻ってきたときには、女性は既に電話を切った後で、それでもまだ同じ場所に立ったまま、バンダナマスクの男性と何か話していた。

「だから契約書を見せろって言ってやれよ」

男性のくぐもった声が聞こえてきた。

「それなら、あなた、言ってくれない？」

「だって、お前の携帯にかかってきたんだから、お前が言うべきだよ。第一、〇〇は俺じゃなくて、お前に相談してきたんだし」

〇〇というのが、おそらく息子の名前なのだろう。

「でも、向こうは完全に私を小馬鹿にしてるわけよ。『素人のばあさんが何言ってんだ』みたいな感じで」

「だからだよ。だから、感情的にならずに、とにかく契約書を見せろって」

「それ、あなたが言ってくれたらどうなの？」

その辺りには興味を惹かれる本が見つからないと見切りをつけて、別の売場に移動することにした。すると、夫婦も私に歩調を合わせるような格好で後ろからついてくる。

「あなたって——何でいつも、そうやって逃げるのよ」

「逃げてなんて、いないだろうが。向こうがおまえに——」

「それは、あなたじゃ話にならないからじゃないの？」

「俺？　俺のどこが——」

「○○だって分かってんのよ。お父さんに相談したって無駄だって。そのうえ、あの子はそういうとこに限って、お父さんそっくりなんだから。だから自分で解決出来ないで、こんなことで私を煩《わずら》わせるんじゃないの。たかだかこんなことで弁護士費用までかかるようなことになったら、どうすんのよ、こんな時代なのに」

途中で立ち止まって他の本を見ている間に、夫婦は私を追い越していく。揃ってジーパンにスニーカー、上に着ているものもカジュアルだ。女性が後ろで一つに結わえている半白の髪は背中まで長く伸びていて、一方、男性の方も襟が隠れるくらいの長さがある。一見したところはサラリーマン夫婦などではなく、とっくにリタイアしている年金生活の人たちなのかも知れなかった。

「私の人生って、何だったんだろう」

人気のない書店の片隅に、女性の声が広がった。

「何十年も人の尻拭いばっかりして、最後は介護で本当の尻拭い。やっとこれから自分の世界を楽しみたいと思ったら、本屋ひとつ自分一人で好きなように来られないで、いつだってあなたがついてきて」

「べつに俺は――」

「とにかく、一度くらい○○に電話してよ。『お母さんカンカンだから、自分で解決しろ』って、それくらい、言えるでしょう」

押し殺した声でそれだけ言うと、女性は一人でぐんぐんと歩いていく。バンダナマスクの男性だけが、ぽつねんと残される格好になった。少しして、彼はやおらポケットからスマホを取り出した。

「ああ、俺だけど――あのぉ、元気か。ああそう。そうか。そんならいいんだ――ええ？　母さん？　何かさぁ、ここんとこ機嫌が悪いんだよなぁ。おまえ、何かやったろう」

それから少し、やり取りがあった。

「まあ、女だからさ、そういう交渉ごととか、出来ないんだよ。業者からも小馬鹿にされたとか、年寄り扱いされたって、カンカンさ。だって本当のことじゃないか、なあ」

この人は一体、誰の味方なのだろうかと、見も知らぬ相手につい眉をひそめたくなった。彼らの家族関係も、トラブルの実態も何も分かりはしない。だが、白くなった髪を揺らしながら、一人で立ち去っていった女性の孤独な後ろ姿だけが印象に残った。

×月×日

時節柄、空いているだろうと予測してその店を選んだのだが、いざ行ってみるとほぼ満席の状態だった。カウンターもテーブルも大半が埋まっている。

それに、以前に比べて客層がずい分と若くなったようだ。このコロナ禍で高齢者が外出を控えているせいだろうか。しかもスーツ姿の男性客がほとんどいない。ざっと見回したところ、多くがラフなニットにジーパンなどで、髪型や目つき、席を立ったときの歩き方などから、半分堅気《かたぎ》でないようにも見えた。

その日は朝から天気も悪くて寒い一日だったのに、彼らの足もとを眺めると、素足にローファーだったり、またはスケルトンのスニーカーだったりするのだ。今の時期にこうして余裕たっぷりに夜更けまで外食を楽しむ二十代、三十代とは一体どういう職種の人たちだろうかと考えながら眺めているうち、カウンターの隅にいる、中年の女性客二人組に目がとまった。他の客とは明らかに違って、どう見ても仕事帰りという感じではない。

彼女たちは並んで楽しげに会話を楽しんでいた。ことに一番端に座っている女性の、しきりにはしゃぐ横顔が印象的だった。椅子の背にかけた小ぶりのショルダーバッグには大きなリボンがついているし、フワフワしたニットにギャザーたっぷりのロングスカートという出で立ちは、デパートやカルチャースクールなどで見かけるような雰囲気だ。

少し時間が経過して、友人らしい方の女性が一人で帰っていった。残されたギャザースカートの女性は、それでも帰る気配を見せず、カウンターの向こう側にいる店のスタッフを相手にお喋りに興じながら、手にしたグラスを傾けている。いわゆる夕食時というには遅い時間になりつつあった。やがて、あちらこちらから席を立つ姿が見えて、店内の空気が入れ替わったときがあった。それから少しすると、また新しい客が現れる。どうやら、この店には完璧に客足が戻ってきているようだ。

気がつくと、さっき一人で残されたと思った女性客の隣に、夜の飲食店とは不釣り合いな少年の姿があった。手に何かの本を持ち、女性に話しかけられながら、カウンターに出された料理をつまみ始めている。ずい分と小柄に見えたが、何かの拍子に少年の持つ本の「倫理・政治経済」という表紙が見えた。明らかに参考書か問題集だ。と、いうことは、少年はおそらく今度の大学入学共通テストを受けるのだろうと推測できた。そして女性は我が子の予備校などが終わるのを待って、ここで遅い夕食を共にするつもりだった母親に違いない。先に帰っていった女性は、息子が来るまでの時間をつなぐためにつき合っていたのかも知れなかった。

こちらも外食は久しぶりだから、半分物珍しさも手伝って、店内のあちらこちらに視線が行く。背後の席には、やはりあまり堅い職業についているようには見えない男女三人連れが、ずっと失恋について話していた。だんだん声が大きくなっていって会話は筒抜けだし、飛沫も心配になってくる。もう少し何とかならないものかと考えているうち、彼らが一斉に立ち上がったので、帰ってくれたのかと思ったら荷物も財布も置きっぱなしだ。そうしてしばらくすると、煙草の匂いをさせて戻ってきた。その地域は飲食店内はもちろん、路上での喫煙も条例によって禁止されているのだが、一体どこで煙草を吸ってきたのだろうかと、また気になってくる。

何十年も馴染みにしてきた店だから、この時期に繁盛しているのは嬉しいことではある。それでも出来ることなら、あまり妙な雰囲気の客には増えて欲しくないのだが、よくよく思い出してみれば、その店は昔から地上げ屋がいたり同伴出勤前のホステスと客が妙な雰囲気を出していたり、隣り合わせた客に詐欺まがいの話を持ちかけている男がいたりと、相当に個性豊かな客層だった。つまり時代が移り変わって、また新たに個性的な客が増えてきても、何の不思議もないのかも知れなかった。第一こちらだって人さまのことは言えた義理ではない。

気がつくと、参考書を片手に食事をしていた少年の隣に、今度は冴えないスーツ姿の男性が一人で腰掛けていた。その姿はサラリーマン以外の何ものでもなく、しかも、後ろ姿の背は丸く肩も落ちていて、一見して疲れ果てている様子がうかがえた。彼はカウンターに向かい、一人で生ビールのグラスを傾けている。隣にいる少年と母親の様子とは、その姿はあまりにも対照的に見えた。母子の方は相変わらず、しきりに顔を寄せ合っては楽しげに話している。ことに母親は酒の酔いも手伝ってか、少しばかり大げさに見えるほど、はしゃいでいるようだ。

ふいにテーブル席の客の一人が、厨房から姿を現した白衣の男性スタッフに声をかけた。すると、よく日焼けしたスタッフはマウスシールド越しに白い歯を見せて「ニカッ」と笑いながら、自分を呼んだ客に歩み寄っていく。

「〇〇××、五十六歳！　見習い店員がまいりました！」

「いよっ、頑張って働けよ！」

「はいっ、皿洗いから、やっております！」

客の知り合いなのだろうか。そういえば見慣れないスタッフだった。五十六歳になって皿洗いから始めなければならないのも大変なことだが、仕事があるだけまだいい方なのかも知れない。そして、彼らの生活を守るためにも、店は開け続けていなければならないのだろう。既に午後十時に近づいていたが、オーダーストップの声もかからなければ、暖簾をしまう気配さえない。どうやら営業時間まで知っている客たちが、存分に羽を伸ばしに来ているのかも知れないと、そのときになって気がついた。

いつの間にか、カウンター席に後からやってきた冴えないサラリーマンが、こっくり、こっくりと居眠りを始めている。店に来てから、まださほど時間がたっているわけではなかったが、後ろ姿から感じた通り、相当に疲れているらしい。隣にいた受験生もサラリーマンが寝ているのに気づいたらしく、またも母親に何か話しかけている。母親は少年越しにサラリーマンを覗き見て、母子はやはり楽しげに笑い合っていた。相当に仲のよさそうな母子だ。

何かの拍子に、客たちの声が、それまでよりも一段と大きくなった。人々は揺れ、さんざめき、笑い合っている。その当たり前の光景が、今では警戒と恐怖につながろうとしていた。店は、生き残りをかけて遅くまで営業しているのだ。だからこそ客は油断するべきではないのだが、呑んでしまえばそんなことも忘れてしまう。その見本のような状態になりつつあった。こうなると、こちらも落ち着いていられない気持ちになってくる。カウンターからも一人、二人と帰り支度を始める客が出てきた。例の母子も立ち上がった。

まず、息子が立ち上がってリュックサックに参考書をしまい込んでいる。その間に、母親が店に預けてあったコートを受け取った。そしてコートを着込みながら、居眠りしているサラリーマンの肩に手を置いた。

「ほら、帰るよ」

男性の頭がぐらぐらと揺れる。それでも彼は起きる気配がなかった。女性は「いやだわ」と笑っている。

「じゃあ、私たちだけ先に帰るから。すみませんが、この人がまとめてお会計しますんで、それでいい？」

ジャンパーを着込み、リュックサックを背負った少年の横で、母親が店の人に話しかけている。

家族だったのか。

その上あれほど疲れた様子だったのに、仕事帰りにやっと店に立ち寄り、満足に食事もしないまま眠りに落ちてしまった男性を、母と息子は笑って見ていたばかりでなく、そのまま置いていこうというのだろうか。

店の人も、さすがに男性だけを残していかれては困ると思ったのかも知れない。「一緒にお帰りになった方が」などと応えていた。

「そうですかぁ？　お会計だけしてくれればいいと思って呼んだんだけど」

もう、ずい分長い時間、呑んで食べているはずの母親は一向に悪びれる様子もなく、「ねえ」などと息子に話しかけている。ようやく息子が父親の肩を大きく揺すった。

「帰るよ。お父さん！」

うなだれた頭を重たそうに持ち上げて、ようやく父親が目を覚ました様子だった。低い声で何か言いながら、ゆっくりと立ち上がる。彼が背広の内ポケットから財布を取り出すのを確かめてから、すっかり帰り支度の済んだ母子は「ごちそうさまぁ」と笑顔を振りまいて店を出ていった。残された父親は黙ってカードで支払いを済ませると、コートも着ず、やはり背を丸めたまま、冷え切った夜の街に出ていった。

×月×日

新型コロナウイルスの流行に伴って、かかりつけの動物病院も感染対策に神経を尖らせている。出入口を始め三カ所に消毒用アルコールが置かれ、待合室の椅子の配置も変わって、受付カウンターには透明のアクリル板が設置された。問診票にペットの症状を書き込むため使用するボールペンは「消毒済み」と「使用済み」とを分けるペン立てが用意された。さらに飼い主たちが「密」になるのを避けるために診察は急患を除いて完全予約制、受付を済ませたら呼ばれるまで建物の外や自家用車の中で待つことも奨励するようになった。冬になっても待合室には風が吹き抜け、化粧室や診察室のドアの取っ手などは人が出入りするたびに獣医師やスタッフがこまめに消毒する。床には一定の距離を保って並ぶように、足形のステッカーも貼られた。

コロナ禍のせいで在宅時間が増えたため、ペットと過ごす時間も多くなって、にわかにペットの健康が気になり始めたり、また新しくペットを飼う人が増えたというが、そのせいか病院は前にも増して忙しそうだった。たとえ予約を入れてあっても、場合によっては相当に待たされる日がある。

暮れも押し詰まった日、陽も落ちた時刻の待合室で呼ばれるのを待っていたら、複数ある診察室の一つから人が出てきた。

「あぁ、助かったー。よかったー」

「ホント、よかったね。大したことなくて」

静かな待合室にひと際大きな話し声が響いた。こちらは手元の本に目を落としている。だが声の感じからするとそれぞれ三十代くらいと六、七十代くらいの女性だろうと見当をつけた。互いに砕けた口調で会話していることから、母娘だろうかと思った。

「まさか怪我するなんて、思ってもみなかったよー」

若い方の声が「まじ、焦ったー」と続ける。

「ここ、教えてもらってよかったー」

「でしょう？　あの子はさ、前からしょっちゅう、うちの庭にまで来てたんだよね」

年配の女性の声が応える。すると若い声が「うそー」と響いた。当然マスクはしているのだろうが、それにしても不躾《ぶしつけ》なほど大きな声だ。

「そんなの全然、知らないよー」

「ホントなんだよ。うちのお父さんと『あれ、また来てるね』なんて、家ん中から見かけるたんびに喋ってたんだもん」

「まじでー？　うちの庭だけで遊んでるんだと思ってたー」

「いや、来ちゃうわよ、そりゃ。そういうもんでしょ、犬なんだから。リードも何にもつけてなかったら」

「だってー、庭に出すのはおしっことうんちのためなんだよ。終わったらすぐ、おうちに入りたいって、私のこと呼ぶもん」

「そんなこと言ったって、来てるんだよ、いつも。ちっちゃいから、通れちゃうんだね」

「なんだ、そうだったんだー」

「うちの犬くらいの大きさなら、あんなところ通れないから、だからうちは庭に放しても大丈夫なんだけど」

「そういえば、ぜーんぜん吠えないよね」

「レトリバーは、そんなことでは吠えたりしないからね。お宅のチビくんが来ても、きっと友だちだと思ってるんじゃない？」

「そっかー。頭いいっていうもんねー」

母娘ではなく、お隣さんなのだなと分かった。互いに犬を飼っている二軒の家は、生け垣かフェンスか知らないが、とにかく小さな犬なら通り抜けられるような隙間のある仕切りで隔てられているらしい。それにしても今どきずい分と親切な隣人だ。話を聞いている限り、若い方の女性は口調もぞんざいなら、自分の飼い犬が他人の家に迷惑をかけていたことに対して詫《わ》びる様子もないのに、年配の女性は相手に合わせてか、かなりフランクに受け答えをしている。そればかりでなく、この病院を教えた上に案内までしてやったようだ。

「道路とかに出てたら、ヤバかったよね」

「そういう心配もした方がいいよ。小さくたって結構、動くんだから」

「じゃあ、もうお庭に出すのはやめようかなあ。でも、そうしたら毎日お散歩させなきゃなんないよねー」

犬を飼うのに散歩させるつもりもないのだろうか。もしかすると、このコロナ禍で初めてペットを飼うことにしたのだろうか。

「小さくたって、犬は犬だからねえ、散歩は必要だわよ」

もしかすると、怪我をした犬はまだ処置が終わっていないのかも知れなかった。そうでなければ、そろそろ名前を呼ばれて会計をしてもよさそうな頃だが、女性二人は相変わらず喋り続けている。自分の飼い犬が日常的に隣家まで行っていたということが未《いま》だに信じられない様子の若い女性は、くどいほど同じことを繰り返し、その都度、年配の女性は辛抱強く相づちを打ち続けていた。こういう急患があると、予約していても診察の時間は遅れてしまう。

「そうそう、あそこの奥さんでしょ」

しばらくして、ふと気がつくと二人の話題が変わっていた。

「あの人って、こう言っちゃナンだけど、何かちょっと変じゃない？」

「そう思う？　やっぱり？　ホント言うと私もそう思ってたんだー。会ってもさー、ぜんぜん挨拶しないしさー、○○さんとゴミ出しのついでに立ち話とかしてても、なんか、避けてくんだよねー」

「あら、そう。何だろうねえ」

「そういう人いると残念だよねーって、ウチのダンナとも喋ってたんだー。だってウチの近所って、みんな結構、仲良しだったりするじゃん？」

「そうだねえ。あなたんとこのダンナさんなんて明るくて愛想もいいからねえ」

「まあねー。だけど、あそこん家のダンナって、そういうことしないいんだよねー」

若い女性の言葉に、年配の女性が「あのさ」とちょっと声の調子を変えた。

「あそこのご主人て何してるんだろう」

「官僚だって聞いたけど？　ナントカ省に勤めてる、エリートだって。だから子どもたちも幼稚園からずっと私立じゃん？」

あら、そうなの、と年配の女性が「へえ」と感心したような声を出す。

「じゃあ、あの家のことは知ってる？　ほら、○○さんと一軒隔てた、△△さん」

「あ、あの人んとこはね、ダンナさんはＩＴ関係って言ってた。最近はほとんど在宅勤務だけど、いーっつもウーバーイーツだよ」

「あらぁ、そうお？」

「だからかどうか知らないけど、プラスチックゴミの日が結構すごいんだよね ー。あと、ワインの瓶が、もう、山ほど出るしさ」

年配の女性がまた「あらそう」と繰り返す。

「そんなに？　かなり呑むんだわね」

「あの量からすると、夫婦で呑むのかなあ。すごいよ、いつも」

「それで、ウーバーイーツでは、何頼むんだろう」

「知らなーい。でもさ、つまり、余裕があるってことだよねー。うちのダンナなんか、いつも缶酎ハイだし、ウーバーばっかり頼んでるってことは、外食と変わんないってことじゃん？　一家四人でウーバー繰り返してたら、相当、かかるよ」

「なるほどねえ。じゃあ、ほら、最近うちの前をよく通る人、イタグレつれてる女の人って、分かる？　四十くらいの、茶色い髪にパーマかけた」

イタグレとは、イタリアン・グレーハウンドという犬種のことだ。若い女性の声が「あー！」と響いた。待合室は静かだ。喋っているのは彼女たちだけだった。

「分かる分かる！　あの人は、ほら、あそこのマンションの人だよ。煉瓦《れんが》っぽいタイルの」

「あ、そうなの？」

「あそこ、本当はペット禁止なんだってー。だけどあの人は平気な顔して飼ってるんだってー。同じマンションの人が何回か文句言おうとしたんだけど、まじ、怖いんだって言ってたよ。ダンナが目つき悪くてさ、何してるか分かんない人なんだってー」

聞くでもなく聞いているうちに、ようやく分かってきた。若い隣人とも気持ちよくつき合おうとする人なのだと思われた年配の女性が、実は若い女性から隣近所の情報収集をしているのだ。自分の周囲に暮らす人々の職業や暮らし向きが気になってならないのかも知れない。それに対して飼い犬の散歩もしないような若い女性は、社交的なのか噂好きなのか、格好の情報源なのに違いなかった。

「じゃあ、××さんは？」

「あ、あそこはまじヤバいかも。ひょっとしてDVじゃねえ？って話してたとこ」

「え、ダンナが？」

「ちがうちがう、奥さんが」

「へええ」

結局、こちらが名前を呼ばれるまで、彼女たち二人は延々と隣近所の人たちの噂話に花を咲かせていた。コロナ禍の今、家で過ごす時間が増えていくと、こんな人たちも多くなるのかも知れない。

×月×日

その家のことは、通りかかるたびに気にかかっていた。とはいえ特段、何が変わっているというわけではない。南と西側に道路がある角地にあって、敷地面積は八十坪くらいだろうか。広いことは広いが大邸宅と呼ぶほどではない。敷地内にゆったりと建つ家は木造二階建てで、華美でも贅沢《ぜいたく》な感じもせず、その、ごく当たり前の趣が、今の時代ではかえって貴重な「昭和」の感じを醸し出していた。庭に面している部分には濡れ縁があって、その前に広がる庭は芝生など張られておらず、いい按配《あんばい》に間隔をあけて季節ごとの花を咲かせる庭木が植えられている。それらの前に花壇がいくつかあったが、全体に純和風という感じでも、もちろん洋風でもない、その家独自の庭だった。

家の主人は、どうやら「石」が好きらしかった。とはいっても、大げさな庭石や石灯籠などを置くのではなく、自分で拾い集めてきたのか、漬物石程度の大きさの、様々な色や風合いを持つ石をセメントで固めて、ちょうど人の背丈くらいになっているものを玄関の脇に据えてあった。その造形と、見るからに高価ではないと分かるのに、年代を経たせいで独特の雰囲気を持っているのが、堅実な印象の家の佇まいと奇妙に合っていて、やはり「昭和」な感じがした。

天気の良い日には、庭に布団が干されていた。また、二階の物干し場にも洗濯物がはためいて、いつでも、この家の日当たりの良さを十分に享受して見えた。傾斜の緩い屋根に銀鼠の瓦をいただいた家は、壁も雨戸も茶色いペンキで塗装されていたが、何年かに一度は必ず塗り替えが行われた。家の住人を見かけたことはなかったし、中から物音が聞こえたこともないが、その家には確実に、穏やかでゆったりとした時が流れているように感じられた。どこかしら自分自身の生まれた家と重なって見えたからだろうか。それで、その家の前を通ると何となく気にかかったのかも知れない。

落ち着いた庭を持つ茶色い家と白い洗濯物とのコントラストはいつでも眩《まぶ》しく見えたものだが、あるときから気がつくと、洗濯物を干していることがなくなった。最初の頃は二階だけだと思ったら、そのうち、いつ通りかかっても家中の雨戸が閉まっているようになった。家全体が、ひっそりとして見える。とはいえ庭が荒れていくということはなかった。そのまま何年たっても、雑草が繁ることもなく、植木の手入れもきちんとされている。それでも、家は確実に「おわり」に向かい始めていることを感じさせた。

やがて茶色いペンキが色褪せて、家のあちらこちらに傷みが見え始めた。雨樋が一ヵ所、歪んできている。壁より少し明るい色で塗られた雨戸も、木肌が剝《む》けているところが出始めた。外塀の上に立てられている鉄製の柵は深い紺色のペンキが剝《は》げ落ちて、次第に錆《さび》が浮いてきた。長くガレージに駐められていたはずの車はいつの間にか姿を消して、シャッターは固く下ろされたままだ。

新型コロナウイルスが流行り始めて、もう一年がたとうとしている。その間も、家はただひっそりと時をやり過ごそうとしているかのように見えた。

小雨の降る寒い日、その家の前に六人の男女がいた。それぞれに傘をさして、男性の一人がガレージのシャッターを開けにかかっている。三人の女性はそれぞれ地味なコート姿で、揃って五、六十代くらいだろうか、互いに何か言葉を交わしながら、男性がシャッターを押し上げるのを眺めていた。男性三人は誰もがスーツにコート姿で、ビジネスバッグを提げたり、ファイルのようなものを持ったりしている。

「あ、意外とすんなり開くものですね」

ガラガラ、という音と共にシャッターが開いた。男女はそれぞれに、屋根の張られているガレージに足を踏み入れていく。

「思ったほど、傷んでないのかしら」

女性の一人が傘を畳みながら辺りを見回している。

「でも家の中は、見てみないと分からないわよ」

「もう何年も開けてないんだもんね」

近づいていくにつれて、三人の話し声がはっきりと聞こえてきた。ただでさえ人気のない住宅地な上に、寒さと小雨のせいで辺りは静まりかえっており、さらに、ガレージの中だから余計に声が響くのだ。

「それでもきれいにしておいでです」

男性の声が聞こえてきた。「ええ」と女性の声が応える。

「お庭だけは、気をつけてたんですよね。見るからに空き家だって分かると、それだけで物騒ですから」

「お姉ちゃんがいつも手配してくれてたのよね」

「実際には、うちの主人が、ですけど」

「うちのダンナだって、電気や水道止めるときとか、やったわよ」

また男性の声が「まあまあ」と聞こえた。

「その辺りのこともすべて含めた上で、もう遺産分割の協議は、何もかも済んでいるわけですから。今さらここで、そういう話はやめませんか」

「そう、そうです。どのみちここは更地にしなければならないわけですが、お嬢様方のご希望により、売りに出したり、処分出来るものがあるかどうか、本日はその確認ですのでね」

女性たちの方から「すみません」「そうでした」という声が聞こえ、それから「お嬢様だって」と一人が言って、初めて和やかな笑い声が広がった。

更地になるのか。

傘をさして彼らの前を通りかかりながら、そっと家を見上げた。女性三人は、この家の相続人たちであり、男性三人はそれぞれ不動産関係か、または法律関係の人かも知れない。そこまで思いを巡らせていたとき、すぐ先の角から建築資材を積んだ大きなトラックが出てきた。カーブしようとするが、ちょうど脇に停まっている軽ワゴン車が邪魔になってカーブし切れずに、道を塞いで立ち往生する格好になった。こちらも自然に立ち止まる。その間にも、例の男女の声が聞こえてきた。

「何年になります？　ここ建って」

「私が生まれてすぐ建てたんだから、もう六十年以上ですね。六十二年、かな」

「私と、こっちの妹は、ここが生まれ故郷なんですもの」

「六十二年。それにしては、きれいに使ってこられたんですねえ」

「お父さん――父が、この家が好きでしたから。あとで雨戸を開ければ分かりますけど、あそこが居間で、そこから庭を眺めるのが本当に好きでねえ。特に、こんな雨の日なんて、ずっと見てました」

「母も家が好きな人でね。昔、よく流行ったんですけど、レース編みなんかで、こぉんな大きなテーブルクロスとか編んじゃうような人だったんですよね。何でも手作り。カーテンでも、私たちの服でもね」

「そうでしたか」

「それは、素敵なお母さまで」

「昔の話です。まだまだ、元気な頃のね」

「それが最後には、あんな風になっちゃうんだもんねえ。認知症って、本当に怖いわ」

大きなトラックがクラクションを鳴らした。そのときだけ、ガレージの下の六人が会話を止めて様子をうかがう。軽ワゴン車のドライバーはまだ現れなかった。

「とにかくこれで、私たちには帰る家がなくなるんだ」

べつの女性の声が聞こえる。

「日本に帰ってきても、寄るところがなくなるんだわ。ああ、やっぱりこの家、残して欲しかったなあ」

「何、言ってんのよ。あんたがなかなか帰ってこないで、ちっとも埒《らち》が明かないから、こんなに時間がかかったのに」

「だからって、裁判所にまで話を持っていかなくたってよかったじゃないよ」

何気なく振り返ると、三人の女性は、外見も雰囲気もよく似て見えた。だが姉妹は、自分たちが生まれ育った家を処分するにあたっては、おそらく少なからず衝突したのだろう。またもや男性の声が「まあまあ」と彼女たちの話を遮った。

「とにかく今は、ですね、売れるものは出来るだけ高値で処分することを考えませんか」

「現実問題として、これだけの広さの土地だと、分筆《ぶんぴつ》しないと売れないかも知れないですよね」

「分筆って、ここを切り分けるっていうことですか？　嫌ねえ、そんなの」

「今どき、この広さの土地を一軒分として買う人や企業は、まあ現れないと思いますよ」

「売れなければ、いつまでたっても私たちのところには入らないんだものね」

そのとき、軽ワゴン車のドライバーが駆け戻ってきた。トラックに向かって、帽子をとって頭を下げている。冷たい雨は今にもみぞれに変わりそうだった。

軽ワゴン車が動いて、トラックもカーブを曲がっていく。三人の女相続人たちの声は、もう聞こえなくなっていた。

×月×日

自宅から少し離れたところに幼稚園がある。昼間、通りかかると子どもたちが元気に遊び回っている姿が見られ、明るい声が辺りに響き渡っている。また午後には幼稚園帰りの子どもと保護者とが四、五人ずつ道端で立ち話をしていたり、日によっては近所の公園に集まって、長いときでは辺りがそろそろ暮れなずんでくる頃までお喋りしていたりする。そういうときは、きっと何かの話題で相当に盛り上がっているのに違いない。いや、その場にいない誰かの悪口かも知れない。ママ友の世界も何かと大変なのだと、よく友人から聞かされている。

朝、登園の時間帯になると、電動アシスト自転車の前と後ろに子どもを乗せて、猛烈なスピードで疾走していく若い母親がいれば、トコトコと駆け出す制服姿の幼稚園児を、慌てて追いかける祖母らしい人もいて、このときばかりは静かな住宅街も忙しない雰囲気になる。幼稚園からの指導なのか、子どもたちはいつの頃からか通園鞄とはべつに肩から斜めに水筒を提げるようになった。

紺色の制服に、ピンクや黄色といった水筒の色鮮やかさだけが、コロナ禍の中でマスクをしているために表情の分からない子どもの示すささやかな個性のようにも感じられる。

その朝、幼稚園に向かう道を、それぞれに自転車を押して歩く二人連れの姿があった。サドルの後ろに取りつけられた専用シートには子どもが乗っているはずだが、時間に余裕があるのか、保護者たちは並んでゆっくり歩きながら、お喋りを楽しんでいる様子だ。一人は大柄でニット帽の下から見えている長い髪は半分以上が白く、また豊かに波打っていて、それを後ろで一つに束ねていた。もう一人は小柄で細い体つきをしていて、紺色のアポロキャップを被っている。外見は対照的な雰囲気だが、揃ってたっぷりした上着にジーパン姿というカジュアルな服装で、二人は幼稚園までの道をのんびりと歩いていた。別段、急いでいたわけではないけれど、自然に追いつく格好になった。

「ボクはね、フランス人ですね。奥さんが日本の人ね」

巻き毛の人の声が聞こえた。男性だったのかと、改めて後ろ姿を眺めた。なるほど、言われてみれば女性にしては肩幅が広いし、上体もがっちりしている。

「パパさんは、どこの人ですか？」

「私は中国人です。そして、私の妻はタイの人です」

こちらも男性の声だ。ずい分と華奢な印象だが、それは隣のフランス人と比べているせいかも知れなかった。

「タイは、台湾ですか？」

「台湾は中国ね。タイ、タイ王国。バンコク、分かります？」

「おう、ゴメンナサイね。バンコクのある国ですね、ハイ、分かります」

「でも、妻は私と結婚する前に日本国籍を取っていますんですから、今は日本人です」

「オー、そうですか。では、パパさんも日本人になりますか？」

「今、考えている途中です。パパさんは、日本人になりますか？」

幼い子を持つ母親同士が、互いの名を知らないまま「○○ちゃんママ」と呼び合うのは知っていたが、パパもそうなのか。それぞれに子どもの送り迎えをしており、しかも外国人だというところが、いかにも時代を感じさせた。

「ボクはねえ、迷っていますんですね。ボクのパパとママ、ボクがフランス戻る日を待ってますから」

「パパさん、フランスに帰りますか？」

背中の大きな男性が「うーん」と首を傾げる。巻き毛が微かに揺れた。これだけ白髪が多いということは、あまり若くはないのかも知れない。

「多分ずっと日本に住みますね。それに今はCOVIDありますから、帰れないでしょう？　フランスも、とても危険ね。でも大丈夫なりましたら一度、帰りたいです。ボクのパパとママ、もう老人ですから、とても心配ね。そして、いつでもボクの子どもたちに会いたいと言っています。もしかしたら、そのときに相談するかな」

「そうですか。私の両親は日本人になるなと言います」

中国人だという男性がぼそりと言った。

「両親は日本人のこと嫌いです。戦争した相手ですから」

フランス人の男性から「オー」というため息に近い声が漏れた。

「それ、いつのことですか？」

「まだ百年たたない」

またもや「オー」という声。

「昔むかしですね」

「昔じゃないよ。私の両親の、その親は戦争経験しています」

「そう？　中国の人は何年たつと『昔』と言いますか？」

アポロキャップの男性が首を傾げている。

「千年くらいかなあ」

「千年！」

フランス人の男性は片方の手を自転車のハンドルから離して、空に向けるようにしたかと思うと、声をあげて笑っている。

「とーっても長いんだねえ！　そんなとき、今のフランス、あったのかなあ」

中国人の男性が、隣を見上げて「どうですかね」と言う。

「それでパパさんも、日本人嫌いですか？」

「うーん、あんまり好きじゃないね」

「でも、タイの奥さん、日本人なったんでしょう？」

「日本人になる方が便利だからね。それに」

「ハイ」

「日本人はバカでしょう？　バカの仲間に、なりたくないよね」

「バカ？　そうですか？　どしてバカ？」

すぐ後ろから日本人がついて歩いていることにも気づかずに二人は話を続け

ている。中国人の父親は、要するに今回のコロナ禍の対応を見れば分かることだという意味のことを言った。日本人は油断ばかり。格好ばかり。本当は実力などないのに、アジアで一番だと思っている。それに比べて「我が中国」の優秀さは、実に誇らしいものだと。フランス人の父親は、途中までは「ふんふん」と相づちを繰り返していたが、ふいに「パパさん」と隣を見た。

「COVIDは中国から出ましたね？」

「あ、それはアメリカのウソね」

「ウソですか？　そう？　でも私のトモダチ、アメリカ人ですが、言いました。中国はとてもとても人が多いんですから、COVIDで一億人くらい死んでもオッケー。関係ない。ですから今度も人が死にましたが、その代わりに世界中にCOVID広げまして、そしたらワクチン作りまして、今度はワクチンで世界を支配することとします。世界中が中国に感謝します。とても上手な商売しますね、と」

今度は中国人の男性の方が、はっきりと隣を見上げた。

「ウソだっ。それ、陰謀だよ！」

「私が言ったのと違いますよ。アメリカ人のトモダチ」

「策略だっ。アメリカの流す、陰謀だっ」

すぐ横を、同じ幼稚園に向かう子どもたちが親と一緒に次々に通って行く。あと数分も歩けば幼稚園に着くというところで、中国人の男性はぴたりと立ち止まった。

「お前、つき合う人間、考えろよなっ」

「お前？　オー、パパさん、その言い方はよくないよ」

「バカっ！　お前はバカだっ！」

吐き捨てるように言うと、中国人の男性は苛立った様子で自転車に跨り、もうわずかな距離だというのに、自転車を漕いで幼稚園に向かっていった。取り残された格好のフランス人男性は、まだ自転車をゆっくりと押しながら、ニット帽を被った自分の頭を軽く叩くようにしている。子ども用のシートの中から
「パパ」という幼い声が聞こえてきた。

「あの人はどうしてパパをバカだって言ったの？」

「パパは、バカだったかなあ」

「とっても怒ってたよ」

「人はねえ、本当のことを言われると、怒るんだよ」

「本当のこと？」

そのとき初めて、フランス人の男性が子どもの方を振り返った。ニット帽の下からのぞく彫りの深い横顔は、マスクをしていても、それなりに年齢を重ねた人だと分かった。やはり白髪交じりの波打つ髪が、その横顔にかかっている。

「トモダチから、パパのこと『おじいちゃんだね』と言われたら、××は怒るでしょう？」

「うん、怒る」

男性は、あっはっはと愉快そうに笑って、シートの中の我が子に手を伸ばしている。

「だからねえ、本当のことは言わない方がいいんだよ。今日は、パパの失敗ね」

パパ友同士の呑気な会話かと思ったら、驚くべき話の内容だったことに、こちらは内心で驚愕しているというのに、フランス人男性の方はまるで鼻歌でも歌いそうな雰囲気で子どもと言葉を交わしながら、ゆっくりと自転車を押して歩いていた。

×月×日

コロナ禍二度目の春でも、やはり一度くらいはゆっくりと桜を見ておきたくて、自宅から少し離れたところにある公園を目指すことにした。そこなら相当に広いから、よほどのことがない限り混雑することはないはずだ。

穏やかな日の午後だった。陽が傾くにはまだ時間がある。公園に着くと、まず「シートを使用してのお花見はご遠慮下さい」という札を持って巡回する警備員の姿が目にとまった。その効き目か、園内を歩いてみてもシートを敷いて車座になるようなお花見宴会の人たちはまるで見かけない。唯一、広々とした芝生の空間の真ん中にある桜の巨木の下に、五、六台のベビーカーがずらりと並んでいて、赤ちゃん連れの若い母親たちが集っていたが、彼女たちが飲酒しているとも考えにくいし、あくまでも遠い長閑な風景にしか見えなかった。池にいる亀たちは人影に気づくと餌をねだるように水面から顔を出し、小鳥のさえずりが近く聞こえる。早くも一面の芝桜が満開で、白とピンクの絨毯《じゅうたん》となっている場所には、その花々に身体を埋めるようにしてヤマバトが歩いていた。

それらの景色を楽しみながら歩いてから、芝生の広場を取り囲むように設置されているベンチの一つに腰掛けた。遠くに見える、赤や黄色のチューリップが咲き誇っている近くでは、フリスビーで遊んでいる少年たちがいる。芝生の上で愛犬を遊ばせている人たち。寄り添って歩く老夫婦。ごろ寝して本を読む少女たちに、一人で凧揚げをする男性。彼らの笑い声や話し声が、まるでさざ波のように聞こえた。散り始めた桜の花びらが無数に宙を舞っている。

「ねえったら。もうっ」

ついぼんやりと時を過ごしていたら、ふいに女性の苛立った声が聞こえた。何気なく声のする方に顔を向けると、少し離れたベンチに三十歳前後に見える女性が腰掛けている。彼女が座っているベンチには、弁当や飲み物などが広げられていて、それなりにピクニックらしい雰囲気が醸し出されていた。傍に置いたタブレット端末からは小さな音量で何かの音楽が流れてくる。

「そんなこと、いつまでやってんの」

女性は膝の上に二歳くらいの子を抱いて、その膝を微かに上下に揺らしていた。さらに彼女から少し離れたところには五歳くらいの男の子が一人で遊んでいる。そして、彼女が顔を向けている先には、芝生の上に四つん這いになっている小太りの男性がいた。帽子のせいで顔は見えないが、帽子のつばの下から長い髪が見えている。ジーパンに派手な柄物のブルゾンを着込んでいた。

「バカみたい。せっかく時間作って、ここまで来たのに」

「四つ葉のクローバーを見つけたいんだよ」

くぐもったような男性の声が聞こえてきた。なるほど、自分の足もとを見回しても、この辺りには芝生の隙間に丈が短く葉の小さなクローバーがびっしりと生えている。

「〇〇にさ、摘んでやろうと思って、探してるわけじゃん」

「そんなもん摘んでもらったって、〇〇が喜ぶわけないじゃない」

長閑で穏やかな雰囲気とはかけ離れた、かなり冷ややかな女性の声が、辺りが静かなだけに余計にはっきりと聞こえてくる。

「あの子が今、夢中になってるのはねえ、タンジロー」

「誰、それ」

「知らないの？『鬼滅《きめつ》の刃《やいば》』の炭治郎って。アニメ」

男性は四つん這いの格好のままで「ああ」と取りたてて大きな反応も示さないまま、少しずつ場所を移動しては、しきりに辺りを見回している。

「アレな。よく知らねえけど。とにかくクローバーはクローバーで最強のアイテムなんだ。今は意味が分かんなくたって、『これで幸せになるよ』って言って、持たせてやりたいと思ってさ。今日の記念に」

「そんなもの、すぐに捨てちゃうに決まってんじゃない」

「お前が持っててやればいいだろう？」

「やあよ。そんなもんで幸せになれるんなら苦労しやしない」

男性は何を言われても動じない様子で、ひたすら四つん這いで辺りを動き回っている。四つ葉のクローバーというものは、どういうわけだか見つけられる人とまったく見つけられない人とで、はっきりと分かれるものらしい。そして男性は、見つけられないタイプなのかも知れなかった。

「○○を幸せにしたいんだったらねえ、もっと早くにさあ、四つ葉のクローバーなんかじゃなくて、あんた自身が、ちゃんとしてくれればよかったのよ」

「何だよ、それ」

「分かんないの？」

「分かんないよ——なかなか見つかんねえもんだなあ」

「そういうことも分かんないから、こういうことになったんじゃないのよ、あたしたち」

遠くから眺めるだけなら、ごく普通の家族の姿に見えるだろう。だが、どうやらこの家族は既に壊れてしまっているらしいと、そこで気づいた。

「せっかく桜が咲いてるからって、予定外なのに時間作ったんだから、そんなことしてる暇があるんなら、ちゃんと○○と遊んでやってって言ってんのよ」

それでも男性は、まるで意地にでもなっているかのように、四つ葉探しをやめようとする気配がなかった。すると女性は、今度は「ねえ」と、離れたところにいる我が子を振り返る。そう言われてみれば、男の子は黒と緑の市松模様の羽織を着ている。さらに『鬼滅の刃』の人形まで持って、男の子は当惑したような表情で突っ立っていた。

「○○、ほら、パパに遊んでもらいなって」

それでも男の子は動かない。女性は女性で、幼い子を乗せた足を揺すりながら、自分もそれ以上に動くつもりはない様子だった。ひたすら落ち着かない音楽ばかりが、微妙な音量でチャカチャカと聞こえてくる。

「今度いつ会えるか分からないんだよ。○○、ほらってば」

「ちょっと、あんたからも誘ってやってよ」

女性の言葉だけが、空回りするように聞こえた。時折そっと彼らの方を見ると、彼女を含めて、父親に違いない男性も、別れた父親になついている様子のない男の子も、それぞれが、まったく違う方向を向いていた。

「もう少ししたらさあ、陽も翳《かげ》ってくるし、気温も下がってくるんだから、そうしたらもう、片づけて帰るんだよ」

四つん這いのままの元夫に冷ややかな視線を浴びせながら、女性はまた男の子に話しかける。すると男の子は、さらに困ったように首を傾げながら片方の足で地面を蹴るような仕草をしながら「そんならさあ」と小さな声を出した。

「帰るときに、マック、行く?」

「えー、やだー、おうちで何か食べようよ。ほら、お弁当だってまだこんなに残ってるんだし」

男の子はうつむくばかりだ。

「そうだそうだ、おうちで食べよう」

四つ葉のクローバーを探し続けている男性は、未だに諦める様子もなく、それでも母子の会話だけは聞いている様子だった。するとすかさず、女性の方が「あんたは関係ないでしょ」と、ぴしゃりと言った。

「約束は四時までだからね。もうそろそろ、時間だから」

言うなり、女性は膝に乗せていた子を地面に立たせて、広げていた弁当などを片づけ始めた。そこまで来てようやく、男性が立ち上がった。

「何だよ。一緒に夕飯まで食うんじゃなかったの？」

「そんな約束してないし。しかも、家になんか来られたら、迷惑に決まってんでしょ」

「でも、おまえも一緒ならべつに四時までじゃなくたって――」

「見て分かんない？　会ってから何時間たってると思ってんの？　〇〇、まるっきり、あんたと打ち解けないじゃない」

男性はジーパンの膝をパンパンとはたきながら、女性の正面に立った。

「それは、おまえが普段、俺の悪口でも聞かせてるからじゃねえの？」

「何それ。自分のやってること、考えてみてよ。ご飯の最中はスマホばっかりいじってるし、ノンアルだか何だか知らないけど、ビール飲んで、昼寝して、起きたと思ったら今度は四つ葉のクローバー？　あんたから『会いたい』って言い出したのに、〇〇のことなんか、ほとんど見向きもしてないじゃないっ」

女性の声が甲高くなり、感情が爆発しかかったと思ったとき、少年が「ママ」とか細い声を出しながら、母親にしがみついた。

「もう帰ろう、ねえ？　僕、マックじゃなくていい」

少年の怯えた様子から、母親の普段の姿が垣間見えたような気がした。さらに、子どもとの接し方がまったく分からない男性の戸惑いも感じられた。下の子の幼さを考えても、もしかすると彼らは正式に離婚する前の別居期間が長かったのかも知れないと想像した。

「うん、帰ろう、三人で。さ、行くよ」

桜の花びらが舞っていた。陽が翳ると、たしかに冷えてきそうな日だった。

×月×日

いつも通る散歩道の途中に、集合住宅の敷地が道路脇から二、三メートルほど引っ込んでいて、そこだけ煉瓦敷きになっている小さな細長い空間がある。集合住宅との境にはフェンスと共に、ちょうど腰掛けるのに都合がいい高さのプランターが置かれていて季節の花が植えられている。また、道路との境には一定の間隔で車止めも配置されていて、違法駐車など出来ないようになっている。周囲のどの駅から歩いても少しばかり距離のある辺りだから、そこはちょうどよい「ひとやすみ」の場所になっていた。買い物帰りに腰掛けて休んでいる高齢者や、行き過ぎる車を気にせずに立ち話する子連れママの姿を度々見かける。誰の配慮で作られたものか分からないが、ちょっと気のきいた一角だ。

新型コロナウイルスのせいで今年のゴールデンウィークも東京都民は大阪や京都、兵庫県と同様に、緊急事態宣言下で過ごすことになった。とはいえ昨年に比べれば各地の人出は多く、もはや自粛生活も我慢の限界だと訴える人が少なくない。その一方では不要不急の外出を諦めて、粛々と過ごすと決めた人たちももちろん大勢いて、そういう人たちはせいぜい自宅の周辺を散歩したり、ジョギングなどして過ごすしかない。そんなわけで、小さな「ひとやすみ」のある住宅地も、普段に比べれば人の姿を見かける連休になった。いつもは直線道路の先の方まで見渡してもせいぜい一人か二人しか見かけないのに、数百メートルの間に十人くらいは歩いているという程度に。

今年は桜だけでなくツツジもハナミズキも早く咲いて早く終わった。そして今は驚異的な繁殖力を持つと言われる、中途半端なオレンジ色のナガミヒナゲシばかりが、どこでも見かけられるようになったなと思いながら、その日も住宅地を散歩していた。日傘を持ってこなかったことを悔やむほど陽射しは強く、気温も高い日になった。歩いているだけでマスクの下は蒸れて汗じみてくる。これほど人の少ないところなのだからマスクなどしなくても構わないのだが、つけたり外したりが面倒なのと、時たま行き過ぎる人が異様な眼差しでこちらを見るので、結局はマスクをしたままになってしまう。

やれやれ、だ。

額にも汗をかいてきたなと感じたとき、例の「ひとやすみ」に差し掛かった。ここで一度マスクを外して汗を押さえ、ついでに持参の水をひと口飲もうと、いつもは通過するだけの空間に足を踏み入れてプランターの縁に腰掛けることにした。マスクを外すと、ついため息が出る。水を飲みながら五月の陽射しと心地好い風を感じていたとき、二人の少年が歩いてきた。一人はひょろりとした中学生くらい、もう一人はまだ小さく、せいぜい小学校の低学年といったところだろうか。どちらもマスクをして、並んで「ひとやすみ」に差し掛かってきたと思ったら、年長の少年の方が促すようにして煉瓦敷きの空間に足を踏み入れてきた。

「だからさ、分かる？　この世界中のものは全部、神さまが造ったんだよ」

声変わりが終わりきっていないらしい少年の声が聞こえてきた。

「全部？」

「そう、全部。いちばん最初に宇宙を造っただろう？　それから地球も造ったの」

「地球って、神さまが造ったの？」

あどけない子どもの声が、おずおずとした口調で尋ねている。そうだよ、と年上の少年が応えた。

「多分、地球だって最初はただの固まりだったんだ。そこに、昼間と夜を造ってさ、それから天と、地と、海を造ったんだ」

ぼんやりと聞きながら、この少年はミッションスクールに通っているか、また は教会に行っているのだろうなと考えた。彼の言うことは、聖書の創世記に書かれていることとよく似ている。

「それから、地面には植物を生えさせてさ、太陽とか月とかも造って」

「それじゃあさ」

幼い声が、少年の声を遮った。

「昼と夜の方が最初にあったの？　お日さまが出ると明るくなって、沈んだら暗くなるから、それで昼と夜ってあるんじゃないの？」

「そうだよ」

「でも今、後から太陽とか月とか造ったって」

「順番は、いいんだよ。とにかく、神さまはさ、世界中どころか、宇宙も入れて全部、全部のものを造ったんだっていう話」

「――ふうん」

今どきの少年から、散歩の途中で神さまの話を聞くとは思ってもみなかった。

乾いた風がもう汗は飛ばしていたけれど、まだ少しそこにいることにした。

「僕らが無駄だと思うようなものでもね、全部、神さまは必ず何かの意味があって造ったんだよ。だから、必要なものなんだ」

「無駄だと思うもの？」

「たとえば海の底にいる、よく分からない生き物とかさ、それから、地震とか洪水とか」

「地震も？」

中学生になっても本気でこういう考え方をしているのだろうかと、少し心配になってきたとき、少年は「それから」と言葉を続けた。

「新型コロナウイルスも」

「ウイルスも？」

「きっと神さまには神さまの考えがあるんだよ。人間には分からないけど」

なるほど。少年は、何とかして今自分たちを苦しめている新型コロナウイルスについて、まだ幼い男の子が納得出来るような説明をしようとしているのだろう。このウイルスのせいで、少年たちは昨年から学校にも思うように通えず、部活も行事もなくなり、大切な成長期に貴重な時間を奪われている。給食さえ黙ってとらなければならないというのだから、相当な我慢を強いられているはずだ。そうした少年たちのストレスは、大人たちのものとまた異なり、彼らの成長に何らかの影響を及ぼさないとも限らない。

「クラスの子のお父さんも、死んじゃったんだよ。一緒に住んでるお祖母ちゃんも。そんなこと、どうして神さまはするのかな。人間だって神さまが造ったんなら、どうして人間をいじめるの？」

幼い子がそう思うのも無理もない話だ。神も仏もあったものではないと思っている人は今、世界中に溢れている。それでも少年は根気強く、「それはさ」と話し続けている。

「神さまにしか分からないことなんだよ、きっと。人間の考えることなんか、ちっぽけすぎて」

「ちっぽけって？」

友だちにしては年齢が離れすぎているし、兄弟の会話にしては、何となく距離がある。この連休に久しぶりに顔を合わせた親戚といったところだろうかと想像している間に、幼い声が聞こえてきた。

「神さまはどうやって生まれたの？」

「あ、そうだよな」

「地球を造ったっていうんだったら、ものすごい長生きだよね」

「そうだね」

「神さまって、一人だけ？」

「どうかな。宗教とか国によって、色んな神さまが出てくるから。だけど、呼び名が違うだけで、本当は一人だけってことも、考えられるよね」

「――ふうん。神さまは、コロナにかかったりしないんだよね？　すごい年寄りなのに」

「かからないだろうね。地球にいるわけじゃないから」

「えっ？　じゃあ、どこにいるの？」

年長の少年は「うーん」と唸《うな》って、今度こそ答えに詰まったらしかった。その間に、幼い男の子は「神さまってずるいんだね」と言った。

「自分だけ安全なところにいて、人間ばっかり苦しめてるんだ」

風がそよいで、目の前の家では花をつけたミカンの木が揺れている。仔犬を連れて散歩する老夫婦が前を通り過ぎていった。

「野口《のぐち》さんは」

幼い声がふいに話し始めた。年長の少年が「野口さん？」と聞いている。

「宇宙飛行士の野口さん」

「ああ、野口さん」

「野口さんは宇宙にいたとき、地球を見て、神さまと同じ気分だったのかな」

「どうかな」

「あ、それとも、神さまを見たこと、あったかな」

少年が「あー」といかにも感心したような声を上げた。

「それは、あったかも知れない」

「だったらそのときに、野口さんに言って欲しかったな。あんまり人間をいじめないで下さいって」

「神さまに？」

「自分だけ安全なところにいて、ずるいことしないで下さいって」

私の頭の中では、宇宙ステーションの窓から、神の存在を見つける様子が思い描かれていた。あるいは神の目線になれば、目に見えないはずのウイルスが世界中に広がり、猛威を振るう様子も見えるのかも知れない。

宇宙からではとても見えない、小さな島国の中の小さな町の片隅にある「ひとやすみ」の空間で、私は久しぶりに神という存在について少しだけ考えることになった。

×月×日

週末の街は、緊急事態宣言下とも思えない人出だった。確かに前日まで続いていた曇りや雨模様もようやく過ぎ去って、久しぶりの青空が広がったし、吹く風は乾いていて心地好く、眩しい陽射しの下を歩くにはもってこいの日ではあった。多くの人々が新型コロナウイルス感染防止のための自粛生活に、もううんざりしきっていて、緊張感はとうに消え失せ、正常性バイアスの状態に陥ってしまっているのは明らかだ。行き交う人々の相当な割合が、マスクを顎まで引き下ろした状態で飲み物の容器を片手に友だちや恋人と言葉を交わし、笑い声を上げて、どう見ても「不要不急」な雰囲気をまき散らしながら、ぶらぶらと歩いていた。

人混みを避けるつもりで歩行者専用の細い道に折れた。すると、ところどころに緑の植え込みと木製のベンチが配置されている小道は、やはり時間つぶしをしたり、お喋りに興じる若者たちで相当な混雑ぶりだ。

失敗した。第一、週末の街まで出てきたことが間違いだった。だが、仕方がなかったのだと自分に言い訳をしながら歩くうち、ポケットの中でスマホが震えた。すぐ近くのベンチが空いているのが目にとまったから、迷わず腰掛けて、着信履歴に残った番号に電話を返す。そのまま五分ほど話をした。

「やっぱり身体動かすと、すんごく気持ちいいですねぇ」

電話を切ったとき、隣のベンチから話し声が聞こえてきた。高くて可愛らしい声は口調も少し甘ったるく、聞いた限りではとても若い人のようだ。

「ホント、気持ちいいわ。ズンバって、いいよね、すっきりするし、元気出る」

応えているのは落ち着いた大人の女性の声だった。

「私、初めてだったんですよぉ。ズンバっていつも人気だから、一度も取れたことなかったんですけど、今日はたまたま、受付で私の前にいた女の人が『今からキャンセルするから、あなた、やる気あるんなら譲るわよ』って言ってくれたんですよね。だから、あの人のお蔭です」

「あ、そうなの？　ラッキーだったわね」

ラテン系の音楽に合わせて身体を動かすエクササイズ、ズンバが人気だという話はどこかで聞いたことがある。すると、この二人はその辺りにあるフィットネスクラブにでも通っているのに違いない。

「一回で、気に入っちゃったなぁ」

「そう？　じゃあ、来週も来たら？」

「来たいんですけどぉ。でも、予約って早い者勝ちじゃないですかぁ。それに今度から、予約は電話じゃなくて、スマホのアプリになったんですよね」

「そうそう、先月からね。緊急事態宣言の間に、あそこも色々とシステムを変えたみたいね」

「私、スマホ持ってないんですよぉ」

「えっ、あらっ、そうなの？」

「ダンナさんに、何回も『買って下さい』ってお願いしてるんですけど、そのたんびに必ず言われちゃうんです。『スマホは絶対に買いません』って」

「何でかしら――じゃあ、携帯電話も持ってないの？」

「あ、それはあるんですよぉ。ガラケーは、持ってるんです」

「ああ、でもガラケーなんだね」

「それも、エリアメールが受けられる他はショートメールだけなんですよね」

相手をしている女性の声が「そうなの？」と言うのとほぼ同時に、こちらも内心で驚いていた。今どきメールもしていないというのは、さすがに珍しい。第一、不便ではないのかと思った矢先、こちらの思いを察したかのように可愛らしい声が「だってね」と言った。

「お兄ちゃん夫婦も言うんですよね。絶対にメールを使うようになったらダメだって」

「どうして？」

「必ず騙されて、詐欺に遭うからって」

確かに可能性は出てくるかも知れない。だが、だからといって「必ず」ということはないだろう。本人が無分別に知らない相手からのメールを開いたり、安易に信用しなければいいだけのことだ。

「でも、今どきメールが使えないと不便じゃない？　それに、世の中どんどん進んでるから、取り残されると厄介よ。ほら、今のワクチン接種でも高齢者がネット予約とか出来なくて困ってるじゃない？」

会話から察するに、今日が初対面らしいのに、話し相手の女性は実に親切に、相手を心配してあげている様子だ。それに対して若い方の女性も「そうですよねぇ」とあどけない声で応えている。

「でも、災害のときのエリアメールはちゃんと届くし、電話番号を登録してる人だったらショートメールで大丈夫なんで、そう不便だなとは思わないんですよね」

「ああ、まあ——それは、そうなのか。でもクラブの予約とか、出来ないわけでしょう？」

聞き役の女性の声に、何となくためらいとも戸惑いともつかない雰囲気が漂ってきた。すると可愛い声の主が「あ」と思い出したような声を出した。

「それで、LINEなんですけどぉ、どうですか？」

「ああ、私もよくやってるわよ。ていうか、今はメールよりLINEの方がメインかな」

「うちのお姉ちゃんも『LINEくらいなら、やったっていいと思う』って言うんですよぉ。LINEなら、ちゃんと設定すれば、知らないところからは何も来ないからって。でも、やっぱりダンナさんは『ダメです』って言うんですよぉ」

電話のついでに、届いていたメールの返事を送ってから、何気なく顔を上げて声のする方を見てみた。街路樹を隔てて、木製のベンチに座っている二人の女性は、一人は五十歳前後だろうか。明るい色彩のカジュアルな服装に帽子を被っている、垢抜けた感じの人だ。その隣にいるのは、黒いパンツに焦げ茶のTシャツ姿の女性だった。三十代くらいだろうか、長い髪は一つに結わえていて、黒くて大きなリュックサックを背中ではなく身体のお腹側に来るように掛けている。そして黒縁の眼鏡。全身が黒と茶色だけだ。眺めている間に、年上の女性が自分のスマホを取り出して、「アプリっていうのはね」などと言いながら、その画面を見せ始めた。

「ほら、こういうの。この一つ一つが、ニュースだったり、LINEだったり、お買い物のサイトだったり、そういうのの入口になってるわけ。で、たとえば私が来週の予約を取りたいなと思ったらね」

ここを、こうやって、ほら、こうするでしょう？　で、予約、を選んで、これ、こう、こう。女性は指先を動かす度に黒茶の女性にスマホを差し出して見せてやり、黒茶の女性はお腹の前でリュックサックを抱え込んだまま、顔を突き出すようにして、その画面を覗き込んでいる。

「ほら、これでもう予約出来た」

「すごぉい！」

「簡単よ」

「そんなに簡単に予約出来るんだぁ。いいなあ」

年上の女性は「不思議ねえ」と首を傾げている。だが私は、「そうかも知れない」と考え始めていた。もしかすると黒茶の女性には、多少の障害があるか、または、過去に何らかの失敗をしたことがあるのではないのだろうか。だから彼女の夫も兄姉も、彼女がスマホを持つことを許可しないどころか、メールさえも禁止するのではないのか。第一、年齢的にはいい大人なのに、それにしては服装も喋り方も、多少の違和感を覚える。本当に欲しいなら夫や兄姉が何と言おうと、スマホくらい自分で買ってしまえばいいものを、彼女はそれさえやろうとはしていない。

「私はきっと騙されるんですって。あ、あとね、ゲームとかに夢中になっちゃって、きっとすごいお金を使うに決まってるって言うんですよねぇ」

女性の言葉が、私の想像を確信に近いものにしつつあった。スマホを持たず、メールもLINEも使用しない彼女の世界は、今の時代では身近なごく限られた人間関係だけで出来上がっているのかも知れない。だが、だからこそ彼女は夫や兄姉にも守られて、安全に暮らせているのだとも考えられた。

「じゃあ、これからもなかなか会えないかしらね?」

「うーん、ズンバはやってみたいんで、クラブに一生懸命電話するか、もう一度ダンナさんにお願いしてみようかなあ」

「頑張ってね。また、お会いしましょうね」

こんな雰囲気の人もフィットネスクラブでズンバを習うのかと、むしろそっちの方にも感心した。彼女の夫らは、スマホやメールは禁じても、どうやらコロナ禍でのズンバは反対していないらしい。

とにかくすごい人出の週末だった。

×月×日

新型コロナウイルスはついに、より感染力が強く重症化しやすいデルタ株がこれまでのウイルスに取って代わろうとしている。東京の感染者は再び増加し始めて、この原稿を書いている時点で、翌週から四度目の緊急事態宣言が発出されることになった。一年延期されて開催されるオリンピックも、結局は一都三県は無観客という異常な状況で行われる。

数日前には伊豆の熱海で大規模な土石流が発生したし、昨日今日と山陰・中国地方も大雨に見舞われている。気がつけば、どこを見回しても容易に希望が見出せない、そんな時代になってしまった。蒸し暑い中を不織布マスクをして歩くくらいで文句など言ってはいられない。雨の中、用を済ませるために外出した。

マスクの下が汗みずくになりながらも目的地まで脇目もふらずに歩いた。だが用事を終えた帰り道には、ついに蒸し暑さと雨から逃れたくなって、駅に併設されているショッピングセンターに寄ることにした。

ひと頃までは、出入口に設置された手指消毒用のアルコールを使うために人が列を作ったのに、今、手指消毒する人はほとんどいない。高齢者以外でワクチン接種を終えた人はまだ少ないはずなのに、再び感染者が増えていると分かっていても、一度弛んでしまった緊張の糸は、そう簡単には戻らないものらしかった。

緊急事態宣言前の駆け込み需要ということもあるのだろうか、平日の午前中だというのに、精肉や鮮魚、菓子、惣菜などの食料品売場が並ぶフロアーは驚くほど混雑していた。若いカップルや家族連れは、雨を避けてそぞろ歩きを楽しんでいる様子だし、高齢者の中にも二人三人と連れだって、傘を杖代わりにしながら楽しげに歩いている人たちが少なくない。スターバックスは早くも満席、他のカフェも同様だ。誰もがマスクこそしているものの、そこに切迫した雰囲気などは微塵も感じられなかった。

そのショッピングセンターの一角に、いくつかの椅子が置かれていて、誰もが無料でひと息つける空間がある。以前は主に中高年層が足を休めるのに使っていたが、「三密」という言葉が流行っていた頃には、そこも人が座れないようにテープを巡らして、警備員まで立っていた。だが今は以前の通りに戻って、今日は買い物の途中らしい人や、スマホを片手にした人などが、くっつき合って大半の席を埋めている。そのエリアを通るとき、ふと一人の若い女性に目がとまった。

背筋をぴんと伸ばしたままということもあっただろう。隣の老人と比べて頭一つ、座高が高いのも目立った。さらに言えば、ショートパンツから見えている太ももが弾けるほど太いのも目をひいた。しかも彼女は褐色の肌をしていて、顔の下半分がマスクで覆われていても、明らかにインドかパキスタン系らしいと分かる顔立ちをしていた。つまり、どこからどう見ても彼女は目立っていた。すぐ隣に腰掛けている老人が、そんな彼女にまるで気づいていない様子で、ぼんやりしているのが、かえって不思議なくらいだ。

おそらくまだ十代か、せいぜい二十歳そこそこだろうと思う。漆黒と言っていいほどの見事な黒髪をきっちり頭の真ん中で分けて、後ろで一つに結わえている。耳元には小さなピアスが輝き、濃く真っ直ぐな眉の下の、長いまつげに縁取られた瞳は、わずかに伏せられていた。不思議なもので、顔の大半がマスクで隠れていても、また、見慣れた日本人の顔とは違っていても、彼女が何かしら憂鬱《ゆううつ》そうにしている、または不安げにしているらしいことが感じられた。

足もとには、かなり大きなナイロン製のバッグが置かれていて、バッグと彼女の服装から、何かのスポーツ選手なのではないかという気がした。それくらいに、彼女は太ももだけでなく、見事な体格をしていた。

おそらく誰かと待ち合わせでもしているのだろう。不安そうにしていると感じたのは、彼女が一人きりだからかも知れない。そう想像しながら、こちらはせっかく立ち寄ったのだから買い物も済ませてしまおうという気になっていた。コロナ禍になって一年半、日常の買い物は家のごく近くで済ませるか、または「お取り寄せ」に頼ることがほとんどになっていて、さほど遠いわけでもないのに、このショッピングセンターまで来ることさえ少なくなった。外食もまったくしていないのだから、たまには目先の変わった食事を楽しみたい。

人混みを気にしつつ、売場内を足早に歩き回った。人が列を作っている店を避け、頭の中では日頃の食生活で何が不足しているかを考え、少しは日持ちのするものも買っておこうかなどと思いながら歩く。マイバッグが次第に重たくなった。

「ノーッ」

他にもまだ買うものがあっただろうかと考えながら、また椅子の並んでいる空間まで来たとき、はっきりとした声が聞こえた。振り向くと、さっき見かけた褐色の肌の女性の前に若い男性が立ち、彼女は男性を真っ直ぐに見上げている。つい、足が止まった。男性は何か話しかけている様子だが、聴き取ることが出来ない。ただ、女性がもう一度「ノー」と言って、何度もゆっくり、大きく首を横に振る姿が気になった。

「……、……」

男性の声が微かに聞こえた。それでも何を言ってるか分からない。彼は再び何か話しかけている。わずかに近づき、もう一度、耳を澄ませて、ようやく彼が英語で話しているらしいことが分かった。

Tシャツもダブダブなら、パンツのサイズも合っていない上に、今どき滅多に見かけなくなった腰パン姿の男性だった。いわゆるビッグシルエットといったお洒落なものではなく、ただ全体にだらしない印象だ。足もとは素足にビーチサンダル。

「ノー、ノー、ノー」

女性は何度も首を振っている。どうやら知り合いというわけではないようだ。若い男性は、ぐらぐらと身体を揺らすようにしながら「英語、分かんねえのかよ」と呟いた。

「だからね、聞いてんの。インド株、持ってきてんじゃねえのかって」

こめかみのあたりがヒヤリとなった。男性の声は細くて甲高く、また多少の嗤《わら》いを含んでいるように聞こえた。女性は、ただ真っ直ぐに彼を見ている。その瞳に恐怖の色は見てとれず、怖じ気づく気配もないようだ。もしも戦ったら、きっと彼女の方が勝つのに違いない。体格も優位なら、相手に向かう覚悟そのものも違うように見える。

「あのねえ、迷惑なんだよ。おまえらみたいのがインド株持って来ると」

コロナ禍をきっかけとして、アメリカではアジア系住民へのヘイトクライムが問題になっているのは度々報じられていることだ。それと同じことが日本で起きているのか。

「帰れよ、てめえの国に」

男性は相変わらず身体を揺らしている。そのだらしなく不安定な感じに、見ていて余計に心配になった。こういう人物がいきなり暴力を振るうのではないか、ただ単に鬱積したものを吐き出す相手を探しているだけではないのかという気がしたからだ。

「分かんねえのかよ、おまえみたいな――」

「だったら、近づかなきゃいいじゃない」

そのとき、はっきりとした声が聞こえた。褐色の肌の彼女は、まったく姿勢を変えないまま、ただ男性を見上げている。完璧な日本語だ。

「コロナは飛沫感染なんだから、そんなに怖いと思うんなら私に近づかなければいいでしょう」

男性が「てめえ」と唸り、さらに身体をぐらりと揺らしたとき、今度は「兄ちゃん」という嗄《しわが》れた声が聞こえた。最初は誰が喋ったのか分からなかった。誰もがマスクをしているせいで表情も分からない。

「やめとけって」

ようやく分かった。それまで、女性の隣に腰掛けていても、彼女の存在にさえ気がついていないかのように、ぼんやりとして見えた老人だ。小柄でしょぼくれて見える老人が、顎を上に向けて若者を見上げている。

「そういうのをなあ、言いがかりっていうんだよ。何があったか知んねえけど、みっともねえ真似すんなよ」

まだへらへらと身体を揺らしている若者に、老人は「行けよ」と顎をしゃくった。まるで野良犬が追い払われるように、若者はゆっくりときびすを返し、大股で、身体を大きく揺らしながら去っていった。結局、何事も起きなかった。人の流れも途切れない。

「私は日本生まれで、パパは日本人なんですけど!」

女性の言葉に、老人が何と応えたのかは聞こえなかった。ただ、その後で彼女が軽く声を出して笑ったのだけが聞こえた。昼に近づいて、ショッピングセンターはさらに混雑し始めていた。

コロナ禍は人々の間に分断を生み、あちらこちらで憎しみが増幅されている。けれど。

まだ。まだ、捨てたもんじゃない。そう思いたかった。

解説

大矢博子（文芸評論家）

これはもはや小説だ。

——とは、私が前作『犬棒日記』の解説に書いた一文である。乃南アサがたまたま見かけた、名も知らぬ人々を描いたエッセイ集——のはずなのだが、その読み心地は小説、さらに言えばサイコサスペンスなのだ。

パステルカラーにかわいいワンコがあしらわれた表紙にほのぼのエッセイを予想してページをめくった（そういう人は多いのではないか）が、読み始めて数ページで度肝を抜かれたものだ。目の付け所が違う。物事を観察する深度が違う。それだけで、日常の何気ないシーンは薄ら寒いホラーと化す。べつに超常現象が出るわけでも犯罪が描かれているわけでもなく、ただそこにいる人を描写しただけなのに、なぜこんなに背筋が冷えるのか。

エッセイって、こんな怖いものだったっけ？

その第二弾である。今回も前作に引き続き、著者の目と筆が冴えまくっている。実は本書の後半には前作と大きく異なる要素が入ってくるのだが、それは後述するとして、まずは前半の「日記」から見ていこう。

サイコサスペンスのようなエッセイと言われもピンとこない、という方はとりあえず最初の一編をお読みいただきたい。

初めて降車した駅の描写から始まる。ロータリーはあるが人の通りは少なめ。その駅近くを歩いているとき、著者はキスをしているカップルを続け様に目にする。

ひと組は中年女性と制服を着た高校生くらいの男子という組み合わせ。もうひと組は女子高生と金髪ピアスの青年で、女子高生は青年に向かって「やめろって言ってんだろ」「ざけんな」と押し殺した声で言う。

どちらのカップルもなんとも不穏だ。しかもともに駅前である。非常識と言われても仕方ないだろう。

ところが、カップルと同じくらい著者が気になったのは、周囲が誰も彼らを気にしないという点なのだ。駅前で、人通りは多くないとはいえそれなりに歩いているし客待ちのタクシーも並んでいる。なのに「行き過ぎる大人が誰一人として反応しない」のが「不気味に感じられた」と著者は言う。

この不穏なカップルたちは、街の光景の中にあるものとしては異物と言ってもいい。にもかかわらず人々はまるでないものとして扱っている。その場所は「まるで興味を惹かれそうな感じがしない」無個性な新興住宅地で、駅前は「ひっそりしたもの」で「冷たい風が吹き抜ける」のだ。

なんだかサスペンス小説のプロローグのようではないか。

駅前でキスをしているカップルが二組いた、誰もそれを気にしていなかったという、それだけの話のはずなのに、そこはかとなく嫌な感じがつきまとう。ここから何かが始まりそうな、この町で何かが起きそうな、そんな予感すら感じさせる。むしろ乃南アサにこの続きを小説として書いてほしいとすら思わせるようなエッセイ。それがこの『続・犬棒日記』なのである。

たとえば、蕎麦屋での父子と思しき二人連れの、なんだかワケありそうな会話。同じ飛行機に乗っていた赤ん坊を抱いているらしい女性の一件（これは本当に怖くて、同時になんだかとてつもなく悲しくなった）。レストランで誕生日を祝っているらしい家族連れの、なんだか不自然なバランス。真相がわからないだけに想像が膨らむ。中でも奇妙さで群を抜いていたのが、ビジネスホテルで予約をひとりからふたりに、二泊から五泊に変更した客の話だ。ありがちな不倫旅行かと思いきや、その後のふたりの行動が妙に不可解なのである。先ほどサイコサスペンスのプロローグのようだと書いたが、この話はむしろ名探偵に解き明かしてほしいミステリ（ただし解決編はなし）である。

そんな奇妙だったり不可解だったりする人々と会う一方で、「自分は大丈夫だろうか」とどきりとする話もある。薬局で身勝手に振る舞う女性。カフェで周囲の迷惑を顧みず大声で会話するグループ。こういう人、いるなあと思いながらふと我が身を振り返る。私はそちら側に行ってはいないだろうか。乃南アサがどこかで見てはいないだろうか。

すごいのは、そんな「よくいる迷惑な人たち」を書いた話にも、ドラマを感じることだ。単なるあるあるネタにとどまらず、どうしてこの人は（この人たちは）こうなのかと、その裏側を考えずにはいられない。そして考えれば考えるほど、なんだか悲しく、寂しくなってくるのである。「よく見る光景」ですら、その姿を変えて読者の胸を抉る。心理描写の巧みさで鳴らす著者の真骨頂だ。

さて、私は冒頭で「本書の後半には前作と大きく異なる要素が入ってくる」と書いたが、それはコロナ禍での生活が始まったことによる。

自粛が呼びかけられる中で花見をする集団がいる。医療従事者の家族を差別する人々がいる。マスクをせずに大声で会話するグループと、その周囲から離れる人々がいる。買い溜めしたマスクで儲けようとする人がいる。リモートワークになって一日中家族が顔を突きわせる中で苛立ちを募らせる人がいる。そんな人々を乃南アサは、一歩離れたところから傍観者として、観察者として、淡々と描写する。

それまで「奇妙な人々」を描いていたはずのこの日記が、私も見た、確かにいた、という感想に変わっていく。考えようによっては、これがいちばん怖かった。「よくこんな変な人の存在に気づくものだなあ」と、自分からはかけ離れた世界のフィクションを味わうような気持ちで読んでいたのが、これはまごうかたなき現実の話なのだと突きつけられたようなものだから。

コロナ禍で時々目にした愚かしくも悲しい景色の数々は、本書前半に登場する奇妙な、そしてどこか悲しい人々と地続きなのだ。私たちが町ですれ違う人、たまたま同じ店や同じ電車に乗っていた人。そんな縁もゆかりもない人のひとりひとりに、他人には想像もつかない事情がありドラマがある。批判されるべき行為を庇うつもりはないが、その人をそうさせるものは何なのだろうと、読者がいったん立ち止まって考える余地を、本書は与えてくれるのである。

もちろん、サイコサスペンスばかりの話ばかりではない。困った人や迷惑な人もいるけれど、尊敬すべき人もいる。樺太生まれのタクシー運転手の、それこそ小説のような来し方を明るく語る姿。神について語る少年たちのほほえましくも懸命な理屈。そして、最後の話に出て来る老人の毅然とした一言と、その章の最後に著者が記した一文。本書はもはや小説だ、サイコサスペンスだと書いたが、であるならば「物語」の終わりにこれほどふさわしい救いがあるだろうか。

この世はサスペンスに満ちている。けれどそれもまた人の営みであり、この世はそんな人の営みでできているのだ。サスペンスという物語を読者に届け続ける作者による、本書は「生きたサスペンス」である。

さて、次の巻では、犬はどんな棒に当たるのだろうか。

本作品は二〇二一年二月、小社より刊行されました。

双葉文庫

の-03-16

続《ぞく》・犬棒日記《いぬぼうにっき》

2025年3月15日　第1刷発行

【著者】
乃南《のなみ》アサ

【発行者】
箕浦克史
【発行所】
株式会社双葉社
〒162-8540 東京都新宿区東五軒町3番28号
［電話］03-5261-4818（営業部）　03-5261-4831（編集部）
www.futabasha.co.jp（双葉社の書籍・コミックが買えます）
【印刷所】
大日本印刷株式会社
【製本所】
大日本印刷株式会社
【カバー印刷】
株式会社久栄社
【DTP】
株式会社ビーワークス

【フォーマット・デザイン】
日下潤一

ISBN978-4-575-71510-1 C0195
Printed in Japan